展讀文化出版集團
flywings.com.tw

展讀文化出版集團
flywings.com.tw

展讀文化出版集團
flywings.com.tw

台灣館1

佮台語熟似

李榮武 編著

文興出版事業

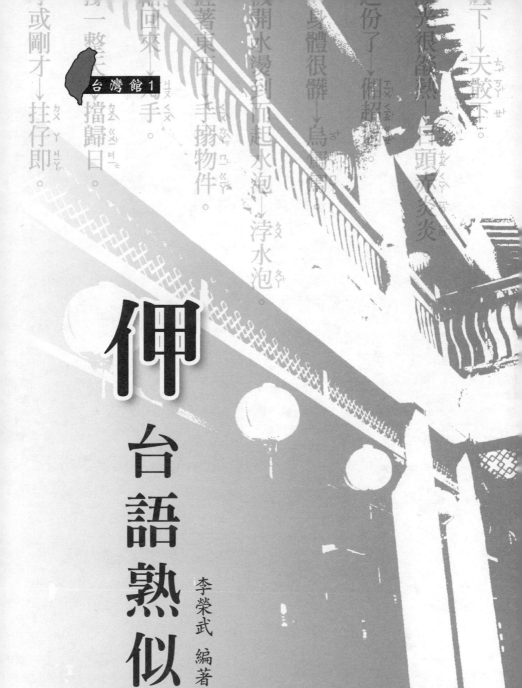

羅序

承蒙榮武兄的愛戴，委我以序言之重任，觀先生之作品，淳僕、自然，如純眞言語之流露，省卻了精工雕細之美，呈現出日常生活的體態，現今工商生活忙碌，許多人早已忘卻去表達心靈層次的一面，紛紛競逐於功名利祿當中，而先生竟可於忙碌的生活當中，找出空閒時間提筆寫作，誠屬不易。

書中的內容有自己創作的文章、地方方言創作詩歌，無不精心整理彙集，單就方言部份，能夠囊括龐雜，而另成一系統，文章創作部份，流露出自己內心感情的部份，同時也道盡了同一時代人的心聲，唸及文章部份，可見人生在世上的許多無奈，痛苦與挫折，但是能夠藉由創作尋求一舒解管道，未嘗不是一種好方法，也能對接觸文章者產生共鳴。

我想先生創作的目的，無不希望大家更瞭解台灣，更了解當下我們所處的時空背景，不想讓晚輩目睹先人的文化一一消失，更希望藉由對鄉土文化的瞭解，讓大家更親近台灣，更愛台灣，少了政治上的陰謀詭譎，卻可呈現出純而自然的風土民情，這才是和諧共處之道，台灣本是開墾者的天下，只要我們認同它，不管是外省人、客家人、閩南人、原住民……等等，我們都是道道地地的台灣人。

國立臺灣大學中文系 羅慶章 于九十三年二月八日筆

陳序

只要是台灣人，台語大部份皆能朗朗上口，但眞能說出一口流利的台灣話，用手指數一數，那可就寥寥無幾，尤其要他寫上台語字（漢字），更是少之可憐。就以我參政多年生涯經驗，自也不敢認爲我的台語有多流利，多標準，然而此現象可恥可悲嗎？其實不然，我參政這段期間常鼓勵鄉民說：上蒼附予我們的文化，是屬於共有、共享、共通，只要大家認同珍惜它的存在，就是「共福」也！

這次承蒙榮武兄之託，與他的著作「伊台語熟似」，共同走入他的文字世界，也讓我比別人快一步，知悉他足足花了十二個月的光陰，道盡他的思維，釐出記憶中都快要絕版的諺語，國台語配，謠可溜，台語發音及一些共意無共音，一一述盡了我們祖先遺留下來的文化，也好讓大家去意會，它就是這麼有韻意與美好的價值觀。

最後但願「伊台語熟似」這本書能爲台語帶入普及化而發揚到台灣的每一個角落。

阿蓮鄉鄉長 陳東海 筆

自序

當提起筆桿就讓它自由揮灑，不受限制，一點一滴寫出內心裡的眞言、道盡思維，發揮出一些想像與幻象，孕育出腦中的一些靈感，而述之於眼前，攤之於大家面前，予彼此有緣者共融於其中，分享我內心世界另一種不一樣的思緒，而在此同時，也順道一同來「熟似」（認識熟悉）本土文化的美，進而來一起認知它是屬於我們的東西，且是道道地地前人所遺留下來的民族智慧。

很多人都不知道它是具有風雅幽默的口語造句，而也能突顯出當年本土母語所應有的濃厚草根性，大部分的人都認爲它是深邃而難理解的文字，其實不然，只要有心學它，很快都能朗朗上口，尤其那些諺語和箴言學起來更會讓人輕鬆無比。台語文化以前是受限一段很長的時間，直至最近才在枷鎖中解套，那一段的過往有如失去地平線的香格里拉，如今的轉寰更可坦蕩蕩、大言不慚，而不再是忌諱的文化，這樣的轉機也讓我如注入一針強心劑，造就了我對母語的興趣，而深深愛上它，更在那虛度漂渺的光陰中，竄入了文字間的世界，引進我從易經中的第三卦「雷水屯」有了新啓發、貼切的面對面和溝通：「漢字」爲舞，吸收其精髓，而悟到其微妙微肖的母音、韻音、鼻音韻母、入聲收音符號相輔相成，穿插使用更替配合而成了一種非常優美的文字。

如此優美的文化已浮出檯面，怎能讓它潛龍而勿用，該給它來個飛龍在天。我就是據以這個理念，足足發了近十二個月的時間，聚精匯神，慢條斯理，而抽絲剝繭、絞盡腦汁，將腦中的層層資料，有空就下筆，以了卻久久的心願，而在這過程秉持著一顆赤忱之心在寫作，好讓讀者們能了解到台灣話的有趣、生動、活潑又可隨時上口溜一溜的多重功用，憑此的引述好讓大家能眞正的愛上它，而也期盼往後有更多的人爲咱的台灣話推廣而出點心力，繼續的共同來發揚本土的「台灣話」。

李榮武

于九十三年一月一日筆

目錄

一、學習台語拼音

台語注音符號與拼音法

一、聲母

ㄅ褒 b　ㄪ帽 v　ㄆ波 p　ㄇ冒 m　ㄉ刀 d　ㄊ桃 t　ㄋ奴 n　ㄌ囉 l　ㄍ哥 g　ㄫ鵝 q

ㄎ科 k　ㄏ和 h　ㄐ之 z (i)　ㆢ字 j　ㄑ痴 c (i)　ㄒ施 s (i)　ㄗ資 z　ㆡ裕 j (u)　ㄘ此 c　ㄙ思 s

二、韻母

ㄚ阿 a　ㆦ烏 o　ㄜ蚵 ə　ㆤ挨 e　ㄞ哀 ai　ㆯ歐 au　ㄧ依 i　ㄨ污 u

三、鼻音韻母

ㆩ(餡) a^n　ㆧ噁 o^n　ㆥ(嬰) e^n　ㆮ ai^n　ㆯ au^n　ㆪ(圓) i^n　ㆫ u^n　ㄢ安 an　ㄣ恩 n　ㄤ(翁) ang

ㄥ əng　ㆬ呣 m　ㆰ(ㄚㆬ)庵 am　ㆱ(ㆦㆬ) om　ㆭ(ㄫ)(秧) ng

四、入聲收音符號

ㄆ波 p　ㄊ桃 t　ㄎ科 k　ㄏ和 h　(註：ㄆ、ㄊ、ㄎ、ㄏ(p、t、k、h)原為送氣，做為入聲促音符號時，轉為無聲吞氣斷音。)

五、泉音特殊腔調

ㄛ(ㆦ)(蚵) eo　ㄜ(ㄜ)(鍋) eə　ㆨ(ㆨ)(於) eu

六、結合韻母

齊齒呼：ㄧㄚ耶ia ㄧㄨ優iu ㄧㄜ腰iə ㄧㄠ妖iau ㄧㄢ煙ian ㄧㄤ央ian ㄧㄣ恩in ㄧㄥ英ing

ㄧㆬ音im ㄧㆰ闇iam ㄩㄥ雍iong

合口呼：ㄨㄚ蛙ua ㄨㄝ喂ue ㄨㄧ威ui ㄨㄞ歪uai ㄨㄢ彎uan ㄨㄣ溫un ㄨㄤ嚾uan ㄨㄥ翁ong

鼻音：ㄧㆩ纓ia^n ㄧㆫ鳶iu^n ㄧㆧ(鳶)io^n ㄧㆯ喵iau^n ㄨㆪ ui^n ㄨㆩ鞍ua^n ㄨㆥ ue^n ㄨㆮ(歪)uai^n

七、入聲韻母

ㄆp收音：ㄚㄆ壓ap ㄧㄆ揖ip ㄧㄚㄆ葉iap

ㄊt收音：ㄚㄊ遏at ㄧㄊ乙it ㄨㄊ熨ut ㄧㄚㄊ閱iat ㄨㄚㄊ越uat

ㄎk收音：ㄚㄎ沃ak ㄧㄎ益ik ㄛㄎ屋 ㄧㄚㄎ(約)iak ㄧㄛㄎ約iok

ㄏh收音：ㄚㄏ鴨ah ㄛㄏ(嘔)oh ㄜㄏ偲əh ㄝㄏ(呃)eh ㄧㄏ(鱉)ih ㄨㄏ噎uh ㄞㄏ唉aih

ㄠㄏ((漚$_4$))auh ㄧㄚㄏ抑 ㄧㄨㄏ(劃)iuh ㄧㄜㄏ(臆)iəh ㄧㄠㄏ((妖$_4$))iauh ㄨㄧㄏ(挖)uih ㄨㄚㄏ頓uah

ㄨㄝㄏ狹ueh ㄨㄞㄏ(踶)uaih ㆬㄏ((莓$_4$))mh ㆭㄏ((秧$_4$))ngh ㆩㄏ((暗$_4$))ah^n ㆧㄏ((嗯$_4$))oh^n ㆥㄏ((嬰$_4$))eh^n

ㆪㄏ((圓$_4$))ih^n ㆮㄏ(噯)aih^n ㄧㆩㄏ((纓$_4$))iah^n ㄧㆯㄏ((喵$_4$))iauh^n ㄨㆩㄏ((鞍$_4$))uah^n ㄨㆥㄏ ueh^n ㄨㆮㄏ(踶)uaih^n

台語韻母歸納十五韻

為方便記憶、閱讀及查韻，將台語韻母歸納為十五個韻：

一、ㄚ韻：ㄚ(a)→姊啊、叔啊，ㄚㆷ(ah)→押金、鴨仔子，ㆩ(a^n)→揞蜩蜩、ㆩㆷ(ah^n)→饅頭裡面有包餡

ㄧㄚ(ia)→野性、野香，ㄧㄚㆷ(iah)→用鐘子耙土叫挖，ㄧㆩ(ia^n)→痕跡(影跡)

ㄧㆩㆷ(iah^n)→我覘一下(我瀏覽一下)，ㄨㄚ(ua)→西瓜倚大片，ㄨㄚㆷ(uah)→烏鴉叫聲

ㄨㆩ(ua^n)→大碗，ㄨㆩㆷ(uah^n)→活落去。

二、ㄛ韻：ㄛ(o)→烏來，ㄛㆷ(oh)→謔謔叫，ㆧ(o^n)→捂捂睏，ㆧㆷ(oh^n)→落雨，ㄧㆧ(io^n)→油笛三斤。

三、ㄜ韻：ㄜ(e)→安樂窩，ㄜㆷ(ah)→偲過(困難難達成)，ㄧㄜ(ia)→么二三，ㄧㄜㆷ(iah)→臆(猜)。

四、ㄝ韻：ㄝ(e)漳音→挨米，ㄝㆷ(eh)→風颱會來，ㆤ(en)→嬰仔，ㆤㆷ(eh^n)→下底

ㄨㄝ(ue)→東西給倮乎齊，ㄨㄝㆷ(ueh)→劃圈，ㄨㆤ(ue^n)→煨蕃薯，ㄨㆤㆷ(ueh^n)→狹狹仔。

五、ㄞ韻：ㄞ(ai)→哀爸叫娘，ㄞㆷ(aih)→餲味(食物腐敗的味道)，ㆮ(ai^n)→負細囝，ㆮㆷ(aih^n)→愛展

ㄨㄞ(uai)→歪哥，ㄨㄞㆷ(uaih)→鵝的叫聲，ㄨㆮ(uai^n)→彎人(佔別人便宜的人)

ㄨㆮㆷ(uaih^n)→跮著(扭傷)。

六、ㄠ韻：ㄠ(au)→茶甌，ㄠㆷ(auh)→慪人(生悶氣)，ㄧㄠ(iau)→夭壽，ㄧㄠㆷ(iauh)→肚子餓了謂之枵

ㄧㆯ(iau^n)→貓叫聲喓，ㄧㆯㆷ(iauh^n)→猶久(還很久)。

七、一韻：一(i)→椅仔，一ㆷ(ih)→咻恆伊爽，ㆪ(iⁿ)→嚶嚶嗌嗌，ㆪㆷ(ihⁿ)→與牌仔，ㄨ一(ui)→威嚴

ㄨ一ㆷ(uih)→鍥去啦，ㄨㆪ(uiⁿ)→座位。

八、ㄨ韻：ㄨ(u)→焐號（烙下標誌），ㄨㆷ(uh)→打嗝（噎），ㆫ(uⁿ)→搵水（沾水），一ㄨ(iu)→憂愁

一ㄨㆷ(iuh)→幼聲，一ㆫ(iuⁿ)→幽靜。

九、ㄢ韻：ㄢ(an)→安心，ㄚㆵ(at)→鵪，一ㄢ(ian)→新嫣，一ㄚㆵ(iat)→搧風（搧風），ㄨㄢ(uan)→彎彎

ㄨㄚㆵ(uat)→拐角。

十、ㄣ韻：一ㄣ(in)→個（他們），一ㆵ(it)→一朝天主，ㄨㄣ(un)→溫溫仔，ㄨㆵ(ut)→熨斗。

十一、ㄤ韻：ㄤ(ang)→尪（丈夫），ㄚㆶ(ak)→沃雨（淋雨），一ㄤ(iang)→央人（拜託別人）

一ㄚㆶ(iak)→掖起來，ㄨㄤ(uang)→嚾歸日，ㄨㄚㆶ(uak)→斡頭。

十二、ㄨㄥ韻：ㄨㄥ(ong)→旺梨（鳳梨），ㄛㆶ(ok)→芋仔，ㄩㄥ(iong)→勇健，一ㄛㆶ(iok)→烊化。

十三、ㆭ韻：ㆭ(ng)→耳孔匃咧，ㆭㆷ(ngh)→吷吷叫，一ㄥ（一ㆭ）(ing)→揨揨块，一ㆶ(ik)→呃奶（溢奶）。

十四、ㆬ韻：ㆬ(m)→，ㆬㆷ(mh)→姆婆，一ㆬ(im)→乎水淹死，一ㆴ(ip)→揖禮。

十五、ㆰ韻：ㆰ(am)→歆女咧吃，ㄚㆴ(ap)→青蛙叫聲ㄚㆴㄚㆴㄚㆴ（老青蛙叫聲），一ㆰ(iam)→掩身

一ㄚㆴ(iap)→掖起來（藏起來），ㆱ(om)→歐姆，ㄛㆴ(op)→歐普。

台語音有國語音沒有的是 ㆠㆣㆢㆡㆬㆦㆩㆮㆲ

ㆠ讀帽（老「母」ㆠㄨˋ。）

ㆣ讀鵝（金「銀」ㆣㄧㄣˊ。「誤」會ㆣㆦ。天「涯」ㆣㄞˊ。）

ㆢ讀字（愛「人」ㆢㄧㄣˊ。溫「柔」ㆢㄧㄨˊ。）

ㆡ讀裕（韌ㆡㄨㄣ。愈ㆡㄨˋ。）

ㆬ讀呣（門「禁」ㆣㄧㆬ。）

ㆦ讀烏。

ㄚㆬ合做一個字ㆰ（針ㄐㄧㆰ。）

ㄛㆬ合字ㆱ。

ㆲ讀秧（軟ㄋㆲˋ。）

台語拼音法

台語聲調分陰陽共八聲，其中上聲陰陽同聲，即二聲與六聲相同，實質爲七聲，順念還是要念八聲，第四聲與第八聲爲入聲。入聲必有ㄆ、ㄊ、ㄎ、ㄏ其中一音收音，小半字寫在韻母右下面；「ㄆ、ㄊ、ㄎ」爲「鼻音複韻母」八聲順念轉入聲的收音符號。

這些鼻音韻尾的分別爲ㆬ（ㆰ「ㄚㆬ」、ㆱ「ㄜㆬ」、ㄧㆬ）、ㄣ（ㄨㄣ、ㄧㄣ、ㄢ「ㄚㄣ」）、ㄫ（ㄤ「ㄚㄫ」、ㄧㄥ「ㄧㄫ」、ㄨㄥ「ㆦㄫ」、ㄩㄥ「ㄧㆦㄫ」），其順唸轉化入聲分別爲：ㆬ（m）轉爲ㄆ（p），而成入聲：ㆰ→ㄚㆴ、ㆱ→ㄜㆴ、ㄧㆬ→ㄧㆴ。

ㄣ（n）轉爲ㄊ（t），而成入聲：ㄨㄣ→ㄨㆵ、ㄧㄣ→ㄧㆵ、ㄢ→ㄚㆵ。

ㄫ（ng）轉爲ㄎ（k），而成入聲：ㄤ（ㄚㄫ）→ㄚㆶ、ㄧㄥ（ㄧㄫ）→ㄧㆶ、ㄨㄥ（ㆦㄫ）→ㆦㆶ、ㄩㄥ（ㄧㆦㄫ）→ㄧㆦㆶ。

八聲順唸，非鼻音複韻尾的，入聲則用喉塞音「ㄏ」收聲。

入聲韻母在台語的八聲中與其他韻母有所不同，如東（ㄉㄨㄥ）轉入聲變成督（ㄉㆦㆶ）、「君」轉入聲變成骨，如以入聲韻母拼入聲，只有四、八兩聲，不能以入聲來順呼八聲。如：「ㄍㄨㆵ（骨）」一拼出就是第四聲，「ㄍㄨㆵ（滑）」第八聲，它是由「君（ㄍㄨㄣ）」順念八聲轉化而來。

台語入聲拼音法

ㄏ(h)收音：ㄚ＝「ㄚㆷ押」；「ㄅㄚㆷ百」。

ㆦ＝「ㄏㆦㆷ唆」。

ㄜ＝「ㄜㆷ僫」；「ㄉㄜㆷ桌」；「ㄉㄜˋㆷ焯」。

ㄝ＝「ㄝㆷ呃」；「ㄊㄝˋㆷ宅」。

ㄠ＝「ㄆㄠㆷ靤」；「ㄆㄠˋㆷ雹」。

ㄧ＝「ㄍㄧㆷ癯」；「ㄍㄧˋㆷ臛」。

ㄨ＝「ㄨㆷ噎」；「ㄗㄨㆷ茁」。

ㆵ＝「ㄘㆵㆷ嗆」；「ㄘㆵˋㆷ啜」。

ㄆ(p)收音：ㄧ＝「ㄧㆴ揖」；「ㄑㄧˋㆴ趿」。

ㄚ＝「ㄚㆴ壓」；「ㄎㄚㆴ闔」；「ㄎㄚˋㆴ磕」。

ㆦ＝「ㆦㆴ喔」；「ㄌㆦㆴ蹈」。

ㄊ(t)收音：ㄚ＝「ㄚㄊ遏」；「ㄅㄚㄊ訓」；「ㄅㄚˋㄊ密」。

ㄨ＝「ㄨㄊ鬱」；「ㄘㄨㄊ出」。

ㄧ＝「ㄧㄊ乙」；「ㄒㄧㄊ失」；「ㄒㄧˋㄊ食」。

ㄎ(k)收音：ㄚ＝「ㄚㄎ沃」；「ㄍㄚㄎ角」；「ㄍㄚˋㄎ磔」。

ㄧ＝「ㄧㄎ益」；「ㄐㄧㄎ積」；「ㄐㄧˋㄎ籍」。

ㆦ＝「ㆦㄎ惡」；「ㄗㆦㄎ作」；「ㄗㆦˋㄎ族」。

ㄧㆦ＝「ㄧㆦㄎ約」；「ㄍㄧㆦㄎ菊」；「ㄍㄧˋㆦㄎ局」。

台語八聲分辨，只要熟背所有的台語字，可藉以分辨八聲

第一聲	東	君	胎	拋	刀	英	莊	弓	申	勘
第二聲	黨	滾	體	跑	倒	永	總	龔	蜃	砍
第三聲	棟	棍	替	炮	到	應	壯	供	信	崁
第四聲	督	骨	裼	鞄	桌	益	作	菊	失	闔
第五聲	同	裙	綈	袍	逃	螢	藏	強	神	黔
第六聲	黨	滾	體	跑	倒	永	總	龔	蜃	砍
第七聲	洞	郡	蛇	抱	導	用	狀	共	腎	硆
第八聲	毒	滑	宅	雹	焯	浴	族	局	食	磕

二、如何稱呼親戚

對長輩及親戚的稱呼

阿祖
查仪祖
查娒祖
外祖
阿公
阿嬤
伯公

姆婆
叔公
嬸婆
姑婆
姑丈公
舅公
妗婆

姨婆
姨丈公
外媽
外公
阿爸
阿母
阿伯

阿姆
阿叔
阿嬸
阿姑
姑丈
阿舅
阿妗

阿姨
姨丈
外甥仔
外甥女
姪仔
姪女
契父

契母
養父
養母
丈人
丈姆
大官
大家

親家
親姆
親家公
親姆婆
阿兄
阿嫂
阿姊

姊夫
小弟
弟婦仔
小妹
妹婿
表兄
表姊

表兄嫂

表姊夫

表小弟

表小妹

同似仔

大細先

新婦

孫仔

孫新婦

孫婿

矸仔孫

單字解釋

查仪：男人。
查姆：女人。
大官：公公。
大家：婆婆。
大細先：姐妹的先生。
矸仔孫：曾孫。
同似仔：妯娌
契父：乾爸。

三、台語同義不同音

台語共意嘸共音

腳

踢一下
挑一下
蹬一下
䟴一下
蹔一下
絆一下
拉一下
壓一下

勾一下
掃一下

梱

摃一下
噯一下
撞一下
刁一下
噃一下
捆一下
罾一下
掃一下

遫一下
丟一下
㧒一下
𢹂一下
撌一下
掄一下

指

指一下
嘰一下
碇一下
揬一下
𢬣一下
瘵一下
偎一下
點一下

托一下

手掌

巴一下 糝一下 顋一下 揯一下 把一下 摙一下 按一下 拏一下

揊一下 搧一下（打巴掌）

握拳

唆一下 捶一下 搒一下 揰一下 壘一下 掄一下 撞一下 崁一下

抱一下 錘一下

三字經

肏幹譙 訐譑 拼幹旋 喙謦 礤 你祖嬤 摠恁爸 咧、毣

胃

我踏破你家三代奉金甕

胃脹脹　胃嘟嘟　胃螬螬　胃悶悶　胃膨風　胃嘖嘖　胃鬱卒鬱卒

胃㾎㾎

窄

𠆩𠆩𠆩　夾夾夾　塞塞塞　𠆩注注　搭搭搭　一眉眉　一微微　窄窄窄

窄吱吱　一注注

教

肩乎𨁯　教乎𨁯　牽乎𨁯　晟乎𨁯　摺乎𨁯　養乎𨁯　駕乎𨁯　拉乎𨁯

𢹂乎𨁯

病人要起來

用扛　用拎　用插　用𢹂　用抱　用抩　用扶　用揬

四、國語佮台語配

1劃

一大堆→歸大堆。

一小撮雞大便→一浡雞屎。

一百元、二百元→一百箍、二百箍。

一些東西→一寡物件。

一定是他們「串通」好的→鬥孔。

一付很「不爽的臉色」→懊癛癛。

一般所說的油條→油炸粿。

一塌糊塗→烏魯沐儥。

一頭重一頭輕→重頭輕。

2劃

刀子不銳利，而不是肉難切→刀鈍呣是肉韌。

又→佫。

3劃

三更半夜「狗狂吠」→吹狗螺。

下午五點→下晡五點。

下巴→下頦。

下雨穿的「塑膠衣」→雨幔。

上一回或上上一回→往過。

上年紀的人→老夆夆。

上氣不接下氣→前氣絹𣍐到後氣。

凡事「慢慢講」→沓沓仔講。

口水→喙沺。

口香糖→橡奶糖。

大卡車載重物經過而所發出的聲音→嗙嗙叫。

大海的「海浪」→海湧。

大塊頭→大厖。

大樹下「乘涼」→拉涼。

女人→查娒人。

女人對男人「撒嬌」→顛奶。

女生「穿裙子」→縖裙。

女婿→囝婿倌。

小刷子→筅仔。

小孩「又哭又叫又鬧」→花紇紇。

小孩子→囡仔。

小孩子玩的「鈴鐺」→釦仔。

小孩子翻來翻去→徛跋反。

小聲說話→嗤嗤呲呲。

工人「打赤膊」作工→褪腹裼。

工作的「非常累」→𤺪篤篤。

4劃

不小心「扭傷腳踝」→踒著骹盤。

不可以→獪使。

不可以看我不順眼→呣通看我𥄫𥄫。

不好，不雅→穤。

不好的預兆→穤彩頭。

不要→嬡、呣通。

不要在這裡耍嘴皮→呣通佇遮答喙鼓。

不要放在心頭上→呣免吭踮心頭。

不要空思夢想→免數想。

不要逞強→賭強。

不要想這樣→嫒按爾想。

不要驚動對方→拍青驚。

不值得→呣值。

不夠→無拘。

不愛整潔的人→邋邋爛爛。

不會→獪曉。

不對→呣著。

不學好鬼混→迌迌。

不斷眨眼→目睭眨眨躡。

中共「對台獨壓得很緊」→對台獨搇伊足絚。

中間人的佣金→中人錢。

互道告別→參辭。

什麼時候(日子)→咚時。

今天→今仔日。

公的→牨。

公雞→雞鵤。

反方向而走→倒退行。

反咬你一口→倒齩。

反覆滾轉扭擰→滾輪捘滾。
天底下→天骹下。
太陽光很燄熱→日頭赤炎炎。
太過份了→相超過。
手、身體很髒→烏焉焉。
手被開水燙到而起水泡→浡水泡。
手握著東西→手搦物件。
手縮回來→勼手。
支撐一整天→擋歸日。
方才或剛才→拄仔即。

比較醜→較穤。
毛毛蟲在袖子上「甩掉」→㧒掉。
水庫的「水乾了」→水焗去。
水煮沸直滾→沯沯滾。
火光閃爍個不停→火燁燁熠。
火在燒東西→火徑焯物件。
火燒物品所發出的聲音→熚熚煏煏。
火燒焦的臭味→臭火烙。
牙刷→齒捘。
牙齒→喙齒。

5劃

牛住的窩→牛稠。

且慢→慢且。

主持家計→援家。

以前生意常用的「秤」→戥仔。

以前那次→往擺。

以棍子重擊→⿱夅手。

他、它→伊。

他的→伊个。

他們→個。

他們下午→個下哺。

他一下子吃了四碗飯→伊一睏仔唋四碗飯。

他直視我又瞪我→伊對我又睽又陳。

他很「精明能幹」→⿰歹旁骹。

他被操練得眞夠受→恆伊⿰扌聿⿰亻甲足食力。

可不可以→俑呣俑。

可愛→古椎。

古時候→古早。

台灣人把以前的「庭院」稱之→稻埕。

伊 台語熟似

台灣俗稱男人發情→[身男]。
失意傻傻呆狀慢慢行走→行路踈踈。
左手拿→攑倒手。
打扮得很挺拔→[扌周]伊鵤鵤。
打武術→拍拳頭。
打的屁股→拍尻川。
打雷→瞋雷公。
打嘴巴→搧喙顊。
本性很好色→鵤哥。
母雞伏在蛋上→孵蛋。

玉皇上帝生日→天公生。
甘蔗汁已取出的「渣」→粕。
甘蔗橫切一段→一橛甘蔗。
生意買賣先「押金」→宕地金。
用好吃的東西誘惑對方→餡人憨。
用兩手撥開→掰開。
用繩子所編造而成的圈套→溜索仔。
甲狀腺腫大→大頷胿。
皮膚上的污垢→銑。
皮膚白白細嫩→白皅皅。

6劃

丟→揕。
丟掉→撣捒。
休息→歇困。
任憑→据在。
全身→歸身軀。
全部→攏總。
全部沾到→攏沐到。
再過去一點點→咯忭過咧。
同樣→共款。
吊蚊帳→恆蠓罩。
吃剩的粥→清糜。
吃零食→食庶饈仔。
在→佇。
在地上拖著走→蹛塗骹徑蹉。
「在」那裡→徑。
在高談闊論→撽屧杌。
在學校「溻鞦韆」→孩牽鞦。
多久→偌久。
多少→偌濟。

多管閒事→雞婆。

多說幾句就「撅嘴」→翹喙。

好好的拼鬥一番→大律跋。

好累→足忝。

好嗎→偌好。

好遊玩→好佚佗。

她的頭髮「蓬鬆」→膨獅獅。

扣留身份證→挽身份證。

早晚刷牙「擠牙膏」→捛齒膏。

有「那麼好」的事→赫恁好。

有一點點怨氣在心裡面→欶屪。

有空「再來」→忭佫來。

有夠猛→有擋頭。

有這麼好的事情→偌爾仔好。

有辦法→有才調。

此起彼落的「掌聲」→噗仔聲。

死亡、逝世→過身。

死後埋葬而屍體沒有腐爛→蔭身。

竹器穿過去→掄。

老鼠→貓鼠。

老闆→頭家。

考上大學→考⿰山周大學。

考看看→考看⿰目賣。

考慮或思索→頓⿰骨丁。

而已之意→爾定。

耳鳴的現象→耳孔脉脉叫。

肉皮下的脂肪→一瓤。

肉還「很有彈性」→軟勍勍。

自找麻煩→攑椵。

血液直流→血涵涵滴。

行爲偏差→歪起。

衣服在曬衣場被風吹著「一飄一飄」→嫳咧嫳咧。

衣服被突來的一陣雨淋濕了→衫仔恆雨沃澹去。

西瓜「倚大邊」→倚大爿。

吃飯太快了→食了相雄。

7劃

佔別人的便宜→砉侏疲。

你們→恁。

你如果要跟→若欲逷。

你和我一起去→你佮我一同去。

你要去那裡呢→汝嫐去邙。

你們幾點吃午餐→恁幾點食中晝。

低頭→頭殼婭。

冷得直發抖→寒伸皷皷凊。

助產士幫人「接生」→轉臍。

吹牛大王→謗風吹。

吵嘴或吵架→豛喙。

完全不理會他→無徑俸孱伊。

屁股→尻川顊。

尿布→尿墍仔。

床鋪被踐踏得亂七八糟→眠床蹍伸絮絞絞。

弟弟的太太→妗仔。

我「懂」→訓。

我們→咱、阮。

我家住在阿蓮→阮兜踮佇阿蓮。

我祖籍住在內門→阮祖厝踮佇內門。

把不要的東西「丟掉」→搕抗磔。

把火吹熄→火歕恆化。

把牛糞滾成一團的「甲蟲」→牛屎蚼。

把它拉住→扭咧。

把所有的東西買下→撌起來。

把東西「攤開」→掌開。

把東西「曬乾」→披焵。

把東西給「壓住」→掋咧。

把障礙物「搬開」→挐開。

找不出所以然來→揸無寮仔門。

每天→逐日。

每年→逐年。

每個月→逐股月。

沙發椅→揌椅。

沒有一點笑容→陰琛。

沒有一點點聲音→恬卒卒。

沒有住在→無蹛。

沒說累→無喝殄。

男人→查伮人。
男人小便完將尿抖乾→㧒屧。
男人的舉動輕淫→嬲查伮。
男女接吻→相呂。
芒果青→檨仔青。
走去那裡玩→走去佗俠。
走江湖或賣藝→王祿仔仙。
身長手又長→躼骹躼手。
身修長的→鐵骨仔生。
身體往前仆倒→躄落去。

車的輪子→車輦。
那一日→佗一日。
那女人「非常的三八」→嬈指指。
那女人「很三八」→嬈呢呢。
那女的「聰明又厲害」→躘斗。
那支刀「很鋒利」→利劍劍。
那兒→佗位。
那兒→遐。
那東西「太小了」→佾細。
那東西吃起來「滑溜又嫩」→滑溜鱐。

那個人「很吝嗇」→鹹擱澀。

那個人「很挑剔」→龜聰。

那個人「消瘦很多」→消瘠落肉。

那個人「喘的很厲害」→膨膨喘。

那個人「裝瘋裝傻」→勁悾勁憨。

那個人「不太講理」→番番。

那個人出手很凶狠→乞阝個人出手足雄。

那個人「呆頭呆腦」→傱頭傱面。

那個人的「舉止龜毛」→貓神貓神。

那個人很像「鄉巴佬」→草地傖。

那個人長的「胖嘟嘟」→肥漬漬、肥肭肭、肥膱膱。

那個人看起來「呆呆傻傻」→疲疲。

那個人眞聰明→乞阝咧人眞佼。

那個女人「兇巴巴」→刺耙耙。

那個女人「很三八」→嫐。

那個小孩「動個不停」→俥趄。

那個地方去了「好幾次還記不起來」→足鈍目。

那座山→乞阝爿山。

那個時候不講現在講太慢→⿰乞車嘸講，䟢講相慢。

那時候→彼陣。

那對→彼對。

那種的東西→⿰乞阝種⿱人下物件。

那邊→彼爿。

8劃

事情→代誌。

事發生得很可疑→蹊蹺。

來我的家→來阮兜。

兒子→後生。

到中藥店「抓藥」→拆藥。

到處去→四界去。

刮起一陣風「飛塵滿天飛」→坱埲埲。

制止對方不要講話→恬恬。

和→佮。

夜夜「磨刀」的女人→擢（耆）刀。

往高處攀高→跖。

彼此互有怨氣→烏仁拄白仁。

彼此互咬耳朵→嗤舞嗤呲。

彼此都有佔到便宜→相偏。

彼此意見不和而發生互毆→相摏。

怕老婆的男人→驚姆。

「承受不了」那種壓力→接載𣍐嵀。

承租田園→贌田園。

拔草→摳草。

拐彎抹角→轉彎踅角。

「拍胸」保証→搭胸。

抱→攬。

放寒假→歇寒。

「昔日」是怎麼樣→嚮時。

東西「一點點」→一疕疕仔。

東西「不多」→無濟。

東西「急著要」→趕覅。

東西「藏起來」→掖起來。

東西再少一點→物件佫㤟少。

東西要「抓緊」→援⿰山周。

東西掉到水裡「撈起來」→摺起來。

東西單邊挑高→撓起來。

東西亂放→亂抱。

東西遺失→拍毋見。

東西擺太高了→㑪懸。

油漆「沾到手」→㨂到手。

沿街叫賣→喝鈴瑯。

爬上樹→蹈樹仔。

爬牆過去→蹴牆仔。

物件握在手中→拎咧。

物體反彈回來→倒彈。

物體凹下去→凹。

狗尾巴朝下→掖尾狗。

玩→俍。

「的」東西→个。

知道→知影。

空心菜→蕹菜。

肥胖而呆呆狀→大箍呆。

金光閃閃→金熠熠。

金光耀眼→金鑠鑠。

長的很高→躼躼躼。

長者(雙親)→序大人。

長得棍棒用力打→𢪸。

青春痘→痱仔子。

非常的甜→甜粅粅。

非常的濕→漖漉漉。

非常急迫→雄狂。

9劃

咬牙切齒氣得直發抖→氣伻齮齮顫。

咬雞的軟骨所發出的聲音→蛸蛸叫。

姿態像猴子狀動個不停→著猴損。

屋內打掃乾淨→摒茨內。

很久→足久。

很多人議論紛紛→大家攏徑倖。

很討厭→足恔韶。

很勤勞→搰力。

很暗→暗摸摸。

很會誇獎→勢呵咾。

很漂亮→足婧。

後腳跟→骹後盯。

急速「大轉彎」→大斡彎。

怎麼會呢→曷有。

怎麼會演變成這樣→那欸安捺。

怎樣→按怎。

「故意」如此行動→刁工。

是什麼時候呢→値昸時。

是我的不對→是我毋著。

染上寒熱症→著寒熱仔。

柏油路→黕仔膠路。

流暢→滑溜。

活佛濟公舉動「瘋瘋顛顛」→狷狷搨搨。

爲什麼這麼粗→太遮呢粗。

炸豆乾→炡豆乾。

炮竹「爆開」→迸開。

狠狠地打他一頓→損㤭悿悿悿。

甚麼→啥麼。

相同→共款。

相約→相招。

看不起對方→看人殕殕。

看得「眼花撩亂」→霧唦唦。

看得全身發抖→驚佮硞硞凔。

紅色瓦的碎片→瓦鉼。

紅的發紫→紅⿰火巴⿰火巴。

美國人大鼻子→啄鼻仔。

耍嘴皮→答喙鼓。

背部墊高半坐半躺著→⿱臥鹿。

若要→若欲。

英俊瀟灑→緣投。

「要」去那裡→⿰要卜。

風正在吹→風徑透。

風吹竹林磨擦聲→嚶嚶⿰口歪⿰口歪。

香蕉→芎蕉。

10劃

倒開水→掾滾水。
剛好→拄好。
剛剛好→拄拄好。
哨子→觱仔。
奚落對方→譬相。
害怕「直發抖」→㥮咧㥮咧。
差不了多少→差無偌濟。
拿一些→提寡仔。
拿東西→摕物件。

捕捉→掠。
捉蛤類→摸蜊仔。
捉雞鷩叫→咯咯叫。
時常→不時。
桌上的水用布擦掉→捙乎乾。
氣的發抖→搙搙挫。
消炎消腫→退癀。
海埔新生地「塡海」→湛海。
浴室「洗澡」→揉身軀。
眞多→眞濟。

眞美麗或漂亮→眞媠。

眨一下眼睛→目一躡。

祖母→阿嬤。

神壇的乩童→跳童仔。

站→徛。

站在原地發呆→人㤚㤚。

站的整整齊齊→徛齊齊。

納爲己有→暗降。

耙垃圾→摒糞掃。

蚊子→蠓仔。

紙張風吹會飛掉，所以「要壓住」→
伊宕咧。

討厭→瘰屧、㤲。

追著對方「以棍擊打」→揱。

酒醉「走路顛顛倒倒」→行路忙咧
忙咧。

高興直跳躍→趯趯跳。

袖子捲起來→手䘼擎起來。

被人凌辱→蹧躂。

被失傳→乎失傳。

被打的稀爛→爛膎膎。

被石頭不小心「擊到腳」→礐著骹。

被魚刺梗到→䁯魚刺。

11劃

假裝不知道→踋青。

做生意前評估市場→市草。

做事不乾脆→龜聽。

做事很慌張→青抱。

動作緩慢或慢吞吞→勢趖。

匏瓜做成的農具→匏桸。

常來打擾→促嘈。

常爭論事情→相諍。

常與人無理取鬧爭辨→烏白諍。

帶→焉。

張大口說不出話來→大喙開哈哈。

強詞奪理→辯話骨。

從頭開始→自頭。

推倒在地上→揠落塗骹。

採或摘→挽。

掀一把米→摸一把米。

清晨→天要光。

理髮→鉸頭毛。

現在→即馬。

現在這時→即陣。

現在才要→即馬則要。

現在剛好→即陣柱好。

眼巴巴地望著→矚矚看。

眼前一片黑漆→烏暗眩。

眼睛一直跳動→目睭凟。

眼睛看不清遠處的東西→目睭胇胇。

眼睛瞇瞇→目睭覷覷。

第一天→頭一日。

累了，疲勞→癉。

聊天泡茶→拍納涼。

脖子→頷管。

處理的很好(適當)→四序。

蛇螺→矸轆。

蛋黃→卵仁。

蚯蚓→塗蚓。

設陷害別人→捽窟仿跳。

軟綿綿→軟糕糕。

這包水果「給人」→恆人。

這裡「總共」→攏總。

這種→即款。

這麼→遮呢。

這麼高大→遮大欉。

這樣而已→爾爾。

都是→攏是。

都給你→通乎恁。

頂到天上→拄天。

12劃

晚上→下昏。

最多→上濟。

剩餘→偆。

喝→啉。

場地「陷成一個窟窿」→凹一孔。

就是「故意要耍賴」→刁故意。

提起腳跟→躡骹尾。

握緊、抓緊→扲恆⿰糸安。

暑假→歇熱。

丟石頭→揕石頭。

殘餘飯菜渣及水→潘水。

無所事做整日吃喝玩樂→嚾歸日。

無法再支撐下去→擋𣍐凋。

稀有→稀罕。

給我們→乎咱。

給醫生治療→乎醫生打揲。

腋下→胳下空。

菜瓜已過熟了→⿰哥瓜⿰哥瓜。

跌倒在地上→跋倒。

鄉下→庄骹。

開水直滾→沯沯滾。

順便→順續。

飯在鍋底附著一層→鼎疕。

飯快把它吃完→飯緊⿰巴支⿰巴支咧。

黑白配→烏白閬。

黑瓶子裝→烏矸仔貯。

13劃

僅僅→干單。

傷口結了疤→堅疕。

傻傻的→錘錘。

圓鍬→鋋⿱辟男。

嫁給死了妻的男人→後岫。

媳婦的公公→大家官。

幹活→討趁。

微笑而發出聲→⿰口疑⿰口疑笑。

感覺起來很不自在→礙虐。

搓圓→抄圓。

搞什麼鬼→創啥韶。

損毀的「支離破碎」→靡靡卯卯。

暗藏身上的防身武器→傢俬頭。

溺愛習慣了→寵倖慣勢。

滑了一跤→跙一倒。

照這方法→照呰步。

矮矮胖胖→矮頓矮頓。

碗不小心「打破」→搕破。

綁腳→縛骹。

腳肚→骹後肚。

腳底→骹蹄仔。

腳長手長→躼骹躼手。

腳指頭→骹指頭仔。

腳骨→骹⿰骨童。

腳掌部份→骹底。

腳縮回來→勼骹。

腳關節→骹骬碗。

腳踏地板的聲音→⿱彭足⿱彭足叫。

腳踏車→自輾車。

腹股溝→骱邊。

落湯雞→湫糊糊。

葉子的水份流失萎縮了→焗痛。

話說在前頭→踏話頭。

跨過柵欄→跒過。

躲在牆邊讓人嚇一跳→抈壁鬼。

躲起來→覕起來。

電話在響了→電話徑央。

14劃

摻雜鹽巴→落鹽花仔。

歌仔戲演的劇情→戲齣。

滿周歲→度晬。

滿街都是→窒倒街。

滲入爛土裡→汐入去。

睡覺時一直在做夢→趏睏趏做夢。

睡覺起來脖子側面酸痛（落枕）→交落枕。

蓋房子用的「薄鐵皮」→鉎鉛鉼。

蒼蠅→胡蠅。

蜘蛛→蟧蜈。

說清楚講明白→拆白。

說話太誇張→囂韶。

輕聲的哭泣→嗤嗤嗆嗆。

鼻涕倒流→嗆嗆叫。

鼻塞說話帶有鼻音→齆齆。

15劃

嘮叨→嘈唸。

嘴→喙。

嘴巴→喙頼。

嘴的四周→喙箍。

嘴咬脆質的東西→嗷嗷叫。

寬廣的田野→田洋。

寫信→寫批。

集中在一起→積做伙。

廚房→灶骹。

澆水→沃水。

潭水的顏色→青粼粼。

熱鬧非凡→絞絞滾或嘎嘎滾。

緩緩的、慢慢的→勻勻仔。

蝸牛→露螺。

衝過來、衝過去→𧼮過來、𧼮過去。

對質→對証。

賭具三六→骰仔。

賣弄能力強→展㔍。

踐踏→瞳踏。

踩高蹺→踏蹺。

鋤頭劊草→𠠎草。

靠→倚。

餓的不得了→青枵。

褲子「繫上腰帶」→結袴帶。

16劃

整日半躺著看書→歸日飊咧看冊。

整件衣服→歸領衫。

整潔、乾淨→清氣。

曉得→會曉。

糕粿麻糍，有黏韌的彈性→軟軟韌韌或杲杲。

糖果「分一些給他」→敀一寡佮伊。

蕃茄→柑仔蜜。

貓在人身上「撒嬌」→躝來躝去。

遲疑不想去→蠕呣去。

頭「一直抽痛」→搐搐彈。

頭上→頭殼頂。

頭上生瘡結疤→臭頭疕。

17劃

嚐一口看看→噉看覓。

幫人「看管」→觀顧。

幫忙→鬥。

環境「大清掃」→大摒掃。

臉色「蒼白」→青恂恂。

臉劃的亂七八糟→花巴里貓。

舉→夯。

舉止如猴狀→著猴。

舉止龜毛→貓神貓神。

蟑螂→虼蚤。

螺絲起子→螺絲絞。

講起話來「很順口」→滑溜。

講話「吞吞吐吐」→秩秩揬揬。

講話不要亂蓋→嫒牽。

18劃

還有→佫有。
織毛線→刺蓬紗。
翻筋斗→拋輾斗。
翻箱倒櫃→⿰堯欠箱仔。
蟲蠕動爬行→蟲⿰虫岌⿰虫岌趖。
雞毛撣子→雞毛筅。
雞的窩→雞岫。
鬆土聚高→坌土。

19劃以上

懶惰→貧憚。
瀟灑帥氣→飄撇。
爆米花→⿰火旁米芳。
礙手礙腳→纏骹絆手。
蟾蜍→螿蜍。
邊→旁。
難以入眠→歹睏。
難怪→莫怪。
嚴重→食力。

鐵軌→鐵支。

露出馬腳→龜骹趖出來。

聽了覺得非常討厭→聽伊足切。

讀書的成績優等，別人讚許→赫勢。

鹽巴放太多「很鹹」→鹹毒毒。

蠻不講理→壓霸。

讚揚誇獎→阿咾。

五、台灣諺語

1劃

一人一家代，公婡隨人桩→自己的事處理好，不要管別人太多。桩：放置。

一丈差九尺→目標與實際相差甚遠（有點誇大之說）。

一支長，一支短，半天弄傀儡→以前鄉下一種用以打豆子的農具。

一冬培墓，一冬少人→祭祀祖先的觀念漸漸淡泊。培：掃。

一包蔥→全部包辦。

一句嘸知萬項無代→不多管他人的事情（一問三不知）。

一白蔭九婧→皮膚白就會覺得很美。婧：美。

一年換二十四個頭家，倒轉吃尾牙還早早→無頭蒼蠅（無定性）。

一個人煩惱一項，無人煩惱相像→每個人煩惱的事都不一樣。

2劃

一家嚕一項，無人嚕相像→每個家庭煩惱的事都不一樣。

一姆無人知，二姆相卸代→娶二太太常會遭人冷言相向。卸：丟臉。

一時風駛一時船，一時官用一時銀→這時不比那時。

一隻牛剝雙領皮→比喻向別人收重覆回扣。

一樣米飼百樣人→比喻一種米可養千百種不一樣的人。

一陰二蔭三風水→人往生後風水問題是重要的一環。

一塊白白布覅染伊黑→亂扣帽子。覅：要。

一餐久久，二餐相拄→生意忙得不可開交以致用餐常耽誤。拄：遇到、相遇。

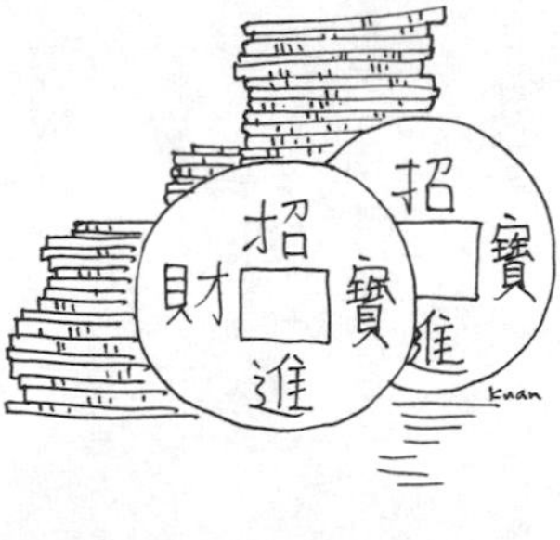

七月絲，八路南，伊你沃伊澹澹澹→八月吹南風，下雨機率大。澹：濕透了。

七坐，八爬，九發牙→幼童七歲會坐，八歲會爬，九歲發育牙齒。

九月九納日，頇慢查娒領袂直，頭叢笠吊壁櫭→偷懶的農婦。櫭：木釘。頇慢：遲鈍沒有才幹。娒：太太。頭叢：頭髮。

九月起九降，十月拖被蓋→九月開始霜降，十月寒風侵襲拖被蓋。

人心不足蛇吞象→貪得無厭。

人在人情在，人亡人情亡→現實社會人在人情常在，人亡就赴之東流水。

人有情，目賊無情→人是有感情動物，而目賊是冷血動物。

人抓厝拆，雞仔鳥仔捉伊無半隻→嚇唬對方語調。

人若呆，看面得知→笨的人從外表可視出端倪。

人爲財死，鳥爲食亡→人的一生大部份爲財而死，鳥整日奔波爲吃而亡。

人重妝，佛重扛→三分人七分妝，而神是靠人扶持。

人情留一線，日後好相看→做人不能太絕情，往後才有好退路。

人細粒籽，袂老擱卡袂死→人矮較輕巧活潑。

人無得橫財𣍐⿰孚出，馬無吃野草袂肥→比喻三分打拚，七分靠運氣。𣍐⿰孚出：不會出頭。

人無照天理，天無照甲子→形容人違背倫理道德。

人善被人欺，馬善被人騎→人單純越容易被他人欺負（良馬人喜歡騎）。

人骹底有肥→生意場所，多人進出帶動興旺。

人濟話得濟，三色人講五色話→人多語雜。

入境隨俗，入港隨彎→進入新環境，要能依該地的風俗習慣，以免行止失檢。

十八相送→依依難捨。

十八埔頭轉(ㄉㆭˊ)透透→什麼事都嘗試做過。

十臭九臭→比喻沒有一項好的。

十喙(ㄘㄨㄧˋ)九尻(ㄎㄚ)川(ㄘㆭ)→人多語雜。尻川：屁股。

3劃

三人共五目，日後無長短骹(˙ㄎㄚ)話→心甘情願。

三日無遛(ㄌㄡ)爬上樹→書幾天沒翻閱很快就會忘記。遛：閱、翻閱。

三代捏(ㄌㄚˋㄆ)積，一代開空(ㄎㄨㄥ)→三代的積蓄到第四代，不長進而花光光。全句意謂後代子女不長進。捏：累、握住。

三阿日半晝→睡過頭（也就是早上九點至十一點）。

三骹拄→多方湊合。

三骹貓仔功夫→未上道的功夫，就在江湖打滾。仔：的。

下有到藥，卡好九斗換一石→對症下藥比什麼都來得好。

下神佗佛→茫然無助，唯有求神問卜求個心安。佗：託。

上山一工，落海也一工→橫豎都是一天。

上澀得袂攝→人到四十歲慢慢就會走下坡。攝：緊縮。

乞食下大願→好高騖遠。

千算萬算毋值得天一劃→千算萬計，比不上天的一劃。

大句毋入，細句毋出→把話都藏在心裡。

大紅花毋知醜，圓仔花醜毋知→馬不知臉長。

大面神→不知廉恥的人。

大隻雞慢啼→大器晚成。

大腸告小腸→飢腸轆轆。

大鼎未滾，細鼎沯沯滾→皇帝不急，急死太監。沯沯滾：水沸騰貌。

大箍白勇心命→意思是身體健壯。大箍：肥胖。

大學大不孝，小學小不孝→社會病態，少部分高學歷的對父母不懂得孝順。

小小生意贏你擔伊半小死→小小生意勝過做苦工的。

小雨袂堪得接落→小雨下個不停也會淹水。

山豬毋獪挂到米潘→沒那麼好吃過（沒那種環境，外行閱歷少）。獪：不。潘：餿水。

俚台語熟似

4劃

內行人講外行話，三色人講五色話→人多語雜。

六月火燒埔，七月無乾路(ㄌㄚ˙)→六月非常乾燥，七月份常下雨，所以無乾路。

六月雨，七月風，九月颱淒慘無人知→九月的颱風最難測。

公傳嬤傳，簿仔紙結歸丸→代代相傳。

天頂天公，地下母舅公→喻母舅的地位崇高。

孔子公毋(ㄇˊ)敢收人隔暝帖→人的生死難卜。毋：不。

心歹無人知，喙(ㄘㄨㄟˋ)歹㥽(ㄒㄧㄤˊ)利害→心歹無人知，禍是從口出。喙：嘴。㥽：最。

手抱孩兒伊知爸母時→手抱小孩，才能體會為人父母的辛苦。

手是堀(ㄎㄨㄥ)入無堀(ㄎㄨㄥ)出→是好是壞得親兄弟。

伊台語熟似

手摸蔥嫁好尪→幻想中的期待，今後能嫁個好郎君。

歹人常照鏡，歹命常相命→醜自卑心重，歹命人厚多疑。

歹心黑腸肚，𣦚死初一、十五，𣦚埋透風兼落雨→歹心腸的下場。

歹歹尪吃袂空，歹歹姆卡袂背茶鼓→不要嫁英俊的先生，不好照顧。不美的太太，比較守份。

歹田望後冬，毛到歹姆一世人→選對象的重要。姆：太太。

歹竹出好筍→父母平凡，子女卻很優秀。

歹年冬，厚瘋人→世風不好。

歹師公拄到好日子→工夫未上道，如有好機遇，還是可以有做爲。拄：遇。

歹笠仔夯身→有就好不要太過挑剔。

歹戲勢拖棚→劇情該結束而未了，一拖再拖。勢：很會。

水鬼叫跛瑞→引誘他人入甕。

火車⿰要斗行行鐵支→無彎無屈（直直）。

火過去仔伻俓炰芋→不誠意的態度待友人。炰：以火燒食物。

火燒罟寮→全無望。罟：網的總稱。

父母疼子長流水，子孝父母樹尾風→父母永遠疼惜子女，子女孝敬父母卻搖擺不定。

父母飼子無論飯，子孝父母得算頓→父母養育不求回報，子孝父母卻樣樣計較。

牛皮擉骨→好動不怕摔。擉：刺。

牛椆內觸牛母→傷害自家的人。觸：角刺。椆：牛舍。

牛瘦無力，人痟白賊→牛瘦無力，人窮就善於欺騙。痟：貧瘠、瘦、窮。

不孝媳婦三餐，友孝查子半路搖↓家裡再壞也有三餐的溫飽（遠親不如近鄰）。

5劃

世傳世前世相欠債↓一代傳一代，一世傳一世相欠債。

出門得要看，入門得要閂↓步步小心。閂：塞緊門插。

卡臭死蛇↓奇臭無比。

只驚呣訓貨，呣驚貨比貨↓貨真價實，不怕貨比貨。訓：懂。呣：不。

台頂婧婧，台下趐鬼↓台上漂亮，台下御裝變醜。婧：美。趐：好像。

台灣人食喙水，唐山人是靠風水↓台灣人情味濃，喜歡聽好話，大陸很注重風水。

四兩撥千金↓以少勝多，以技巧化解，以柔和克服剛毅。

四詩五經讀透透，呣婜半字龜鱉灶→只知讀書不知人情事故。

外行仐看天斗，內行仐看門道→外行人看事情外表，內行人看做事方法。

央三托四→到處找人幫忙。

未生子呣俑笑人子餓，未娶姆呣俑笑人姆嫐→自己不懂的事，就別妄別評論。俑：要。呣：不。姆：妻。嫐：女子舉止輕佻。

未食怐怐⿺辶兌，吃了嫌歹貨→未得手直追，得手後甩得乾乾淨淨。怐怐：愚蠢。⿺辶兌：跟。

甘願擔蔥賣菜，嘛呣愛佮人公家尪婿→寧願多吃點苦，也不願與人共事一個先生。

生一個子，落九枝花→敘述婦女生小孩的偉大。

生不帶來，死不帶去→勸世語，不必太計較。

生仐請一邊，養仐功勞卡大天→養育之恩為大，生母且置一邊。

生死由命，富貴在天→不必強求（一切勉強不得）。

生利喙胡嚅嚅→生意人靠一張嘴。嚅嚅：講大話。

生頭發尾→體質差，生一些皮膚病（疔、粒仔、癰癤）。

生雞蛋無，放雞屎一大堆→不會幫忙，反而麻煩一大堆。

田拚園→意思是拚了。

田無溝，水無流→不相往來。

田廣喙大夯耳→形容一個人的外表不美。喙：嘴。夯：舉。

田螺唅水過冬天→沈得住氣。唅：含。

目睭睳睳，匏仔看做菜瓜→眼花看錯事物，常張冠李戴。匏：胡瓜的一種，狀似葫蘆。

目睭革乎覷覷，便所當做唆徑捋→事務看不準。唆徑捋：旅社。覷覷：眼睛瞇瞇。

尻川顆闘柄→有錢人（台語：好額人）。尻川顆：屁股。闘：接、合。

6劃

交官瘖，交鬼死，交流氓食了米→交友要謹慎。瘖：貧瘠、瘦。

各人造孽各人擔→各人要爲自己作爲負責。

食一個甜，乎你明年生候生→婚宴中親友的賀詞，祝早生貴子的意思。

食水果拜樹頭→飲水要思源。

食死萬拖→做事都拖拖拉拉。

食老伊佲出癖→一大把年紀還再出疹子（意謂大把年紀才再當學徒）。癖：出疹。

食到藥青草一葉，食無到藥人參一石→對症下藥的重要。

食(ㄐㄧㄚˊ)柚放蝦米，食(ㄐㄧㄚˊ)芭樂放槍子→吃柚子糞便軟如蝦，吃芭樂子糞便硬如子彈。

食(ㄐㄧㄚˊ)苦瓜配鏈魚→苦鏈（可憐）。

食(ㄐㄧㄚˊ)魚食肉，也嘛到要菜佮(ㄍㄚˆ)→有魚有肉，再配些蔬菜類。佮：參、和。

食(ㄐㄧㄚˊ)無三帛(ㄆㄝˆ)蕹(ㄧㄥˆ)菜，得(˙ㄉㄜ)⿰要斗(ㄆㄝ)上西天→工夫未上道，就自以為是。蕹菜：空心菜。⿰要斗：要。

食(ㄐㄧㄚˊ)飯皇帝大→吃飯是最重要，其他事先擺一邊。

食(ㄐㄧㄚˊ)碗內，洗碗外→吃裡扒外（窩裡反）。

食(ㄐㄧㄚˊ)過馬→騰駕過對方（也就是吃定對方）。

囡仔人，尻(ㄎㄚ)川(ㄘㄫ)三斗火→小孩子屁股有三把火，椅子坐過燙如火。尻川：屁股。

囡仔人有耳無喙(ㄘㄨㄟˆ)→小孩子多聽少說話（多學習大人的經驗談）。

囡仔人厚屎厚尿→比喻小孩不要太多事。

囡仔仙身軀無洗全全仙，跳入溪仔墘洗三遍，害死魩仔魚數萬千→形容以前鄉下小孩懶得洗澡諷刺的俏皮語。墘：邊沿。

在生有孝，卡好死了徑拜豬頭→孝順要及時。

奸奸鬼鬼→奸詐狡猾。

好天積糧屁，壞天卡袂變餓鬼→未雨綢繆。

好好鱉刣佣屎流→好好的事情被搞砸（弄巧成拙）。刣：殺。

好柴流袂過安平港→好的東西怎麼可能讓別人拿走。

扛轎呣扛轎，管新娘放尿→閒事管了太多。

早時驚露水，中晝時驚露骹腿，晚時尙驚鬼→防人之心不可無，害人之心不可有。

有毛食到棕鬚，無毛食到秤捶→比喻什麼都不嫌棄（大小通吃）。

有食有行氣，有燒香有保佑→心誠則靈。

有得食伸空沒得閬被空→懶惰不肯上進的人。

有路找路，無路轉來找老主顧→還是老主顧比較長久。

有夢尚美，希望相隨→有希望是最美的。

有錢判生，無錢判死→當今民主社會弊病。

有錢使鬼會挨磨→只要有錢什麼都好辦。挨：磨（挨米）。

死死六工尺，豆乾菜脯蛇→繼承老一套，沒有改進。工：全整。蛇：緩、遲。

死尪那親像侄割韭菜，一個死一個來→形容帶桃花的女人。

死貓吊樹頭，死狗放水流→昔日流傳的一種風俗。

死鴨硬喙顊→永不認輸（鐵齒）。喙顊：臉頰。喙：嘴、口。

江湖一點訣，妻子(姆)不可說→跑江湖的是靠一點點秘訣，爲人妻不可亂說。姆：妻。

老牛吃幼菅筍→老牛吃嫩草。幼菅：嫩草。

老牛逃車後→牛老力衰（做事都慢呑呑）。

老骨櫍砊砊，老皮袂過風→比喻人老了身體還很硬朗。櫍：硬。砊砊：石聲。

老个老步碇，少年卡憚嚇→老的老經驗，少年較浮燥（薑還是老的辣）。碇：穩。憚嚇：較驚慌。

老人吃粉圓仔→弄出弄入

耳空輕→易受別人挑撥。

西北雨落袂過田墘路→喻西北雨來的快去的也快。墘：邊沿。

西瓜倚大爿→牆頭草。爿：邊。

西瓜藤肉豆鬚→纏繞成一團（事情很複雜）。

7劃

刣豬毋免用牛刀→不要大材小用。刣：殺。

刣雞儆猴→警告對方。儆：告戒。

伊誌刣賺腹內→以前鄉下偷殺豬，內臟是主人的份。

伊誌誇卡袂臭鼎烙→自炫耀自己。烙：微焦。

伊誌種一欉，輸贏看別人→點點希望，多少也要靠朋友的幫忙。

作田好田底，站厝好厝宅→地理位置的重要。

作田好田邊，站厝好厝邊→遠親不如近鄰。

別人个桌頂，夾肉飼大家→借花獻佛。

君子愛財，取之有道→「財」是人人愛，取之必要正確的來路。

孝男面→一付臭臉。

床頭打床尾和→夫妻相處之道。

弄狗相咬→煽動別人爭吵。

每一堀埤，攏會出一隻三斑→一群人中，必會有一、二個怪胎。

牡丹寫批（信）→慘的多加一些。

足厚傾蹺→很難纏的（很嚕嗦）。

足鈍目→記性不好，老會忘了。

足龜毛→做事很不乾脆。

身穿一舒黑袈紗，爬山過嶺去焉妻。→豬公。焉：娶。妻：㛪。

尪生㛪旦，食飽取相看→嘲諷夫妻貌美，吃飽對看而不做事。

尪㛪擔家賣菜，嘛唔愛伊人雙家尪婿→寧願辛苦養家賣菜，也不願與人同家同夫。

農村殺豬情景

一人趕豬

一人抓豬

一人套豬

8劃

𤆬姆前生子後→結婚前，生產後，一般這時期運氣最好。姆：妻。

𤆬姆無榮一工，𤆬細姨無榮一世人→其實多妻是一種累贅。𤆬：娶。

刺犽犽→兇巴巴的模樣。犽犽：兇惡狀。

呸汩兼咒誓→怨恨到了極點。呸：吐。汩：口水或痰。

孤堀勸無嗣→七仔笑八仔。

拄到三日按，三日無討便消案→不守信用的人（耍賴）。拄：遇。

拆人籬笆要圍牆賠人→吃人一斤就要還人十六兩。

朋友交伻死，金錢𨈇提起→朋友交往，最好不要有金錢往來。𨈇：不要。

朋友妻不可嬉→朋友的太太不可戲弄。嬉：玩樂。

東港石蟳↓模硄硄（硬梆梆）。

治國要體制，𤆬媳婦看娘俐↓治國重體制，娶媳婦要伶俐的。𤆬：娶。

爸會張犁，子得會插刀椵↓耳濡目染。椵：用木材做成可置刀於其中。

知人知面不知心，知狗知肺不知肚↓人心難測。

空手戽蝦，空喙哺舌↓空口無憑，無法成事。

花狸落貓↓大花臉。

初一落，初二逐，初三落到月半↓以前的人對下雨口語相傳的一種順口溜。

近路呣行行山坪↓近路不走偏要走山路（自找麻煩）。

阿婆生子↓眞拼（不可能的事）。

呣訓食過豬肉，嘛訓看過豬走路↓不曾吃過豬肉，總該看過豬走路。

呣通豬母牽去牛墟→不要會錯意。牛墟：宰牛與買賣牛的地方。

怐怐內衫當做內褲→做事糊塗（無理頭）。怐怐：愚蠢。

孱魚袂煞，抓魚呣煞→當事人已和解，旁者還不善罷干休。

9劃

跔擱儉餓鬼兼蹧唸→節儉吝嗇，而嘴還常叨叨念。跔：縮。蹧：浪費，不知珍惜。

㔹猾搦顛→裝瘋賣傻。㔹猾：裝瘋。搦：手握著東西。

便所彈吉他→臭彈。

剃頭照輪班→一切照規矩來。剃：理髮。

前叩衰後叩狼狽，雙爿邊仔叩厝邊頭尾→比喻那個人帶有「衰」運的意味。爿：左半邊。

勇勇馬綁在將軍柱上→有志難伸。

哀爸叫娘咧→怨聲不絕於耳。

怒火燒盡九上天→怒火沖天。

怨嘆兄弟吃炒飯→見不得別人比他好。

恬恬吃三碗公半→文靜或木納，不一定就是很老實。恬恬：安靜無聲。

春分秋分，日夜平分→春分秋分，日夜一樣長。

袂生袂孵，打子師父→不生育怨氣放在別人孩子身上。孵：胚卵發育成雛。

袂博假博，漬雞歸（氣球）當做滾水浡→自以爲是。浡：沸溢出。

查娒人菜籽命→女人的命格似如菜籽命，種植那兒那兒發芽。

查仪人攏吃一隻喙→男人很多靠一張嘴油腔滑調。查仪人：男人。

查伩毋學百里奚，查囡毋賣臣與妾→做人不要忘恩負義。

查伩驚入錯行，查姆驚嫁錯郎→男選行要慎重，女選夫更不可馬虎。查姆：女。

查姆嫺管鎖匙縫，無管主人項→女庸專管家務事，不管主人房間事。嫺：女庸。

毒入無毒出，無吃卡鬱卒→愛不釋手。

洗面洗耳邊，掃地掃壁邊→比喻只注意外表，不重視內在。

珍珠當做貓鼠屎→不知好歹。

皇帝無急，急死太監→當事者不急，旁者急如窩上螞蟻。

相罵恨無話，相打恨無力→口不擇言。

相諍毋噲輸，相輸毋噲贏→強詞奪理的人。諍：爭。毋：不。噲：不會。

看著門床頭，目屎就流→力不從心。

紅婧黑大範→俐落大方。婧：美。範：像樣。

耍猴弄→一付頑皮的性子。

胡蠅戴龍眼殼→蓋頭蓋面。

英雄難過美人關，美人難過金錢關→不愛江山愛美人，美人也難逃金錢的誘惑。

呰種本袋仔又擱徛嫌臭熏→本質好有什麼好嫌棄。熏：豬的一種特有味道。

呰種豬又擱徛嫌紅毛→那個人一切優良，其他的還有什麼好嫌棄。呰：這。徛：在。

差奴使嫺過一生→少爺命不知人間疾苦。嫺：庸人、樸。

10劃

倚山山崩，倚厝厝倒，倚豬椆死豬母→人倒楣時什麼事都不順。

冤仇宜解不宜結→冤冤相報何時了。

剝皮袋粗糠→做人不要太過分，要不然剝你的皮放入米糠進去。

送神容易請神難→農曆十二月二十四日送神，正月初四請神的一種過程。

唐伯虎拄到祝其山→巧合。

家用長子，國用大臣→家重長子，國重大臣。

座人个船要迌人个船跑→入境要隨俗。个：的。迌：跟。

捂捂睏一暝大一寸，惜仔惜一暝大一尺→老一輩呵護幼兒睡覺。捂捂：安撫。

時人打鼓有時錯，骹步踏差啥人無→人難免會做錯事的。

時到時當無米伸煮蕃薯籤湯→船到橋頭自然直。

桌頂吃飯，桌骹放屎→對他好不知珍惜反被將一軍（好人難爲）。

烏仁拄白仁→不相讓（彼此都有怨氣）。

烏矸仔貯豆油→無徑看。矸：瓶子。貯：裝。

烏雲飛落海，棕簑蓋狗屎→來日時，運不佳要注意。

烏龜假大爺→妄自尊大。

病入膏盲→全無望。

疼姆大丈夫，打姆豬狗牛→夫妻恩愛是應該，打妻如禽獸。

破柴看紋路→做事要先找出癥結。

破病牛咬畚箕繩→自不量力（不守本份）。畚：盛土的器具。箕：揚米去糠的用具。

站高山看馬相踢→在一旁閒著，看別人爭吵。

紙頭沒名字，紙尾也無名字→沒名份的（細姨、二太太）。

粑(ㄅㄝ˪)加蚤(ㄗㄠˋ)背米斗→納爲私房錢。

臭耳人勢(ㄍㄠˊ)彎話，臭骹(ㄎㄚ)勢(ㄍㄠˊ)踢被→耳背的人容易會錯意。

臭彈免納稅金→專門講大話或吹牛的人。

臭頭厚藥→久病煩，到處聽信他人的偏方投與。

草仔枝也會拌倒人→不要輕視對方的能力。

草地傖(ㄙㄨㄥ˪)→沒見過世面的人（鄉巴佬）。傖：粗俗無知。

草繩長長，相(ㄒㄧㄛ˪)拄(ㄉㄨ˪)也到→地球是圓的，遲早會再相遇（意思是不要太現實）。

蚊子叮牛角→穩噠噠（穩紮穩打）。

鬼母炁(ㄘㄨㄚ˪)（帶）頭→壞模樣讓跟隨者學習。炁：帶領。

鬼重牲禮，人重厝宅→鬼重三牲四果人重地理風水。

鬼偷佗→腦筋是鬼靈精（腦海用於歪思維）。佗：自得貌。

鬼望普渡，做工望落雨→做鬼的期待七月普渡，做工的期待下雨天。

11劃

迯人晤一個濁水紋→差人一大截（意思比不上對方）。

嫑死無勇氣，嫑拼無志氣→匹夫之勇。嫑：要。

嫑飼浪子，晤飼憨子→因爲浪子會回頭，而憨子是一世人。

趙來趙晤是款→不像樣。趙：愈。

做一件好代誌，卡好徑吃三年仐清菜→日行一善，勝於吃上三年的素齋。徑：在。

做伊流汗，嫌伊流汩→已很辛苦的工作，對方還不滿意。汩：口水。

做戲悾看戲憨→演的出神，看的入神。

做雞得愛戧，做人得愛反→知命認命。戧：翻找吃的東西。

啞巴吃黃連→有苦難言。

啞吧⿱音石死子→有口難言。⿱音石：壓。

倚貓會⿰孚出，倚狗也蓋大厝→收養貓會發大財，收養狗會蓋高樓大廈（意思是好兆頭）。⿰孚出：冒出、發。

得勢打算，毋⿰亻通勢落鑽→智慧的重要。勢：能幹。

得顧活人，毋⿰亻通顧死人→死者已矣，生者續存。

情關難看破感情袂致散→愛情關無法破解的話，感情問題更不可能散去。致：欲、要。

捉魚嘞煞，戽魚个毋煞→演戲的要停，看戲的再要求繼續。

掛籃假燒金→假眞心。

清明雨沒半步，清明水忭毒鬼→清明雨依照傳說很毒。忭：比較、再。

衆君殺人罪集主帥→官兵犯錯長官要負全責。

細漢偷挽匏，大漢偷牽牛→年紀小當小偷，年長變大盜。

頂司管下司，下司管畚箕，豬頭管車路絲→上級管理下級層層制度。

12劃

揞來硞去→捉長補短。揞：掩藏手覆。硞：刻。

媠人無媠命→漂亮不見得命好。媠：美。

搚仔搚，揀仔揀，揀到一個賣龍眼→走馬看花，最後選到最差的一個。

割手肚肉⿰忄互人吃，擱嫌臭臊→好心卻沒好報。⿰忄互：給與。臊：魚腥味。

喙吃喙嫌，菜脯根莽咬鹹→嫌歸嫌最後還是得接受。

喙唇一粒珠，相諍呣認輸→伶牙俐齒。相諍：爭論。

報貓鼠仔冤→報一箭之仇。

媒人負責⿱毛灬入房，沒伊你負責一世人→媒人幫忙牽紅線，其他一概不負責。

提人⿱人下錢財，要替人消災→得到別人的報酬，要盡到工作責任。

棺材已經闖一半→年過半百（年齡50歲以上為稱半百）。

棺材是袋死⿱人下，呣是袋老⿱人下→世事難預料。

棚頂舞伊流汗，棚骹嫌伊流⿰氵口→見不得人好。⿰氵口：口水。

無⿰勿阝種尻川，呣通吃⿰勿阝種瀉藥→沒有本事就不要自不量力。⿰勿阝：那。尻川：屁股。

毋：不。僫：要、可。

無人管，無人溜→沒有教養。

無田沒園，盡看看這門→什麼都沒有唯靠一攤小生意維生。

無吃五月粽，破裘毋願放→端午節過後天氣才回暖。

無吃冬至圓，明年壞過年→吃了湯圓表示一年平安過，沒吃冬至意味難熬。

無相敨得慘了擱相害→比喻朋友情的淡薄。

無恩不敢受祿→不任意接受別人的恩賜。

無煩無惱一身革乎像阿仆倒→無憂無慮。

無禁無忌，吃百二，無見無古吃伸做公兼做祖→人生不必太多忌諱。

無稼討稼擇→自找麻煩。稼：沒事找事。擇：舉。

無賒不成店，賒久變倒店→做生意經不起呆帳多。

無影無直著，擱猜伊對筒對筒→誤打誤撞。

無衛生兼毋訓字→比喻那個人很低賤。訓：懂。

猴死囡仔厚攔頭→話題反覆無常。攔：攔住。

猴神猴神→不穩重（無時定）。

猴憑虎威→猴性藉著老虎逞威風。

猴頭貓鼠耳，鼻仔翹上天→形容那個人外表長的不雅。翹：突起，高起。

痛伊像雞仔徑剁醬→痛的無語形容。徑：在。剁：砍。

睏破三領蓆，抓尪个心袂到→丈夫的心如同海底針。

絲線吊銅鐘→危在旦夕或千鈞一髮。

脹（ㄉㄨㄟ）袂肥，餓（ㄍㄜ）袂死→勉強糊口。

菱角嘴獅廣鼻貓鼠耳→意思在醜化對方。

菜市仔拳→不上道的（花拳繡腿）。

開米絞（ㄍㄚ）也會斷糧屁→做生意有時也會有周轉不靈的時候。絞：碾磨穀物。

順遂（ㄙㄨㄚ）鍋仔兼㽁（ㄎㄚㄆ）蓋→順水推舟。㽁：覆下。遂：便。

頇（ㄏㄢ）慢（ㄅㄢ）師（ㄙㄞ）父攬（ㄌㄢ）小工→技術未上道，常藉機偷懶。頇慢：遲純、沒有才幹。

13劃

嫁雞迲（ㄆㄜ）雞飛，嫁狗迲（ㄆㄜ）狗走→喻三從四德。迲：跟。

愛花連盆，惜子連孫→愛屋及烏。

愛得愛王爺公毋打派→別妄想。

愛惜五穀，兒孫多福→五穀雜糧得來不易，曉得珍惜是兒孫的福氣。

惹熊惹虎，毋嗵惹到一個赤查姆→盡量不要惹火兇巴巴的女人。

愈吃愈嫌，嫌佃喙角生黏→挑剔的人（不懂得感恩的人）。

新空喙（傷口），𤆬路喙→碰撞老是碰到舊傷口。𤆬：帶領。喙：嘴、口。

楊花水性→生性帶桃花的女人。

滅自己个志氣，助他人个威風→對自己沒信心，常羨慕他人。

矮人爬厝頂→欠梯（欠揍）。

矮人蹽水→瘀屭（不爽快）。蹽水：蹚水過河。

碗頭箸尾→吃剩的殘餘飯菜。

落土時八字命→命運天註定。

蜂無叮到目睭空，無到無彩工(ㄍㄤ)→別人的痛苦，是我的快樂（俏皮話）。

話卡濟貓仔毛→話太多了。

路遙知馬力，事久見人心→時間可證明眞理（日久見人心）。

達底梯→盡到谷底。

飼大豬捉來刣(ㄊㄞ)，飼外孫叫嘸(ㄇㄝ)來→豬養大賣到屠宰場，外孫與外公嬤相處少離別多感情生疏。刣：殺。嘸：不。

飼貓鼠咬破布袋→對人好反被陷害（無微不至的照顧卻反被違背）。

鼓嘸(ㄇㄝ)打袂響，人嘸(ㄇㄝ)打袂招→不打不成招。

14劃

痏(ㄙㄢˋ)數肥算盤→看來容易，算起來數目繁多。痏：瘦。

劃虎劃皮難劃骨→知人知面不知心。

墓仔埔彈吉他→吵死人。

夢天夢地，夢鱟(ㄏㄠ˪)桸(ㄏㄧㄚ)兼夢飯簗(ㄌㄝ˪)→晚上睡覺常夢東夢西（空思忘想）。鱟桸：鱟殼制的勺。簗：用於湯水中撈食物。

摸奶罰三仟，摸羼(ㄌㄢ˪)罰三萬→不正經一律要被罰。羼：睪丸。

槍子打入喙(ㄘㄨㄧˋ)空(ㄎㄤ)內→注死（穩死）。

演一世人仐(ㄝˊ)戲，鬍鬚還拿在手裡→老番顛。仐：的。

滿月酒無空手→吃到別人的滿月酒，要懂的禮數。

15劃

滿面全豆花→面子掛不住（漏氣的很完全）。

瘋貪闖雞籠(ㄌㄤ˫)→貪小便宜的人。

緊紡無好紗，緊嫁無好大(ㄉㄚ˫)家(ㄍㄝ˫)→吃緊弄破碗。大家：婆婆。

趙子龍欠馬騎→自身難保那來保他人。

遠遠看像一朵花，近近看像苦瓜→虛有其表。

嘜(ㄇㄝ˪)起毛→不滿意（不爽）。

嘜(ㄇㄝ˪)過愿(ㄎㄫ˪)→沒到滿意程度（不太爽）。

趖(ㄙㄜˊ)圓宕(ㄉㄝ˫)扁→任由對方的擺佈。趖：剉。宕：以物壓物。

瘨痀下崎→栽栽（台語音）。崎：陡峭。瘨痀：駝背。

瘨痀宕到大腹肚→啞吧說巴巴。宕：壓。

瘨痀擱个弄拐仔花→得意忘形。

瘨痀鏗鏘出門愛人呹→犁（農具）。呹：擬聲。

儉腸躡肚→意思很節儉。

嬈俳無落魄个久→太過驕傲，到有天落魄了，想再翻身就難了。嬈俳：神氣、驕傲。

潑婦假在室，三八假賢慧→在諷刺不安份守己的女人。

瞎子雞（青暝雞）啄到死貓鼠→誤打誤撞。

箱油袂使吃，箱鹹也袂使吃，皇帝也會做乞丐→比喻不要太挑食。

練拳無練功，到時一場空→花拳繡腿。

請鬼拿藥單→枉費一番好意。

論輩無論歲→長幼有序。

豬仔子寒伊懼懼顫，豬母寒伊嘸吃藩→形容天氣的寒冷。懼懼顫：發抖。藩：剩的飯菜摻雜的水。

豬仔欠狗仔債→互相牽引，互相虧欠。

豬高神帶重→生性好色的男人。

豬巢嘸值得狗巢穩→還是自家溫暖。

豬頭皮熄無油→邀求對方不要再「蓋」了（不要吹牛）。熄：胡亂吹牛。

豬頭嘸顧，顧鴨母蛋→重點放錯地方。

餓鬼假細嘐→外表裝作一付客氣狀，其實是不然。嘐：傻笑。

餓過肌飽沖脾→餓得飢腸轆轆，飽時卻吃過頭。

16劃

樸(ㄉㄧㄥ)凍樸(ㄉㄧㄥ)凍→穩紮穩打。

橫柴摔(ㄍㄚ)入灶(ㄗㄠ)→明知不可爲而爲之（明知故犯）。摔：舉起、抓起。

瞞者瞞不識，識者不能瞞→騙一些不知道的外行漢。

積子累孫→上代做的壞事，後代受連累。

縛(ㄆㄚˋ)褲骹(ㄎㄚ)做人→與人相處不和睦（個性孤僻）。骹：腳。縛：綁。

親耳聽嘸値親目看→百聞不如一見。

貓鼠空變彎拱(ㄍㄨㄥ)門→原先小傷口沒處理好終變大傷口（小不忍則亂大謀）。

輸人呣輸陣，輸陣得壞看面→面子掛帥（爭一口氣）。

錢銀三不便→手頭緊有點不方便。

錢銀無寶貴，仁義值千金→朋友立場重仁義。

錢呣是萬能，但沒錢是萬萬不能→說來說去錢是萬能。

頷頸仔生瘤→自認倒霉。頷頸：脖子。

頭直來尾直去→前前後後要說清楚講明白。

鴨徑聽雷→不知所云（都聽不懂別人在說些什麼）。徑：再。

鴨蛋卡密得有縫→百密必有一失。

龍交龍鳳交鳳，瘨痀仐交凍憨→怎樣的人就會交怎樣的朋友。瘨痀：駝背。仐：的。

龜笑鱉無尾，鱉笑龜粗皮→半斤八兩。

龜龜鱉鱉→鬼鬼祟祟（行爲不光明磊落）。

龜骹龜內肉→羊毛出在羊身上。

憨人有憨福→傻人有傻福。

憨番扛廟角無扛就倒殼→台灣被外人佔領許久，爲了了卻民怨，對那些紅毛番報復而讓他們永久扛廟角（報一箭之仇）。

17劃

癀打入腹，⿰要卜死也無得恰→病從口入，有病快就醫，不然病重就難醫治。

獪啉假醉，獪講大心氣→待人不眞誠。獪：不能，不會。啉：喝。

獪曉扛轎，嘸通開轎間→以前坐轎年代，有人坐轎，有人扛轎嗎有人開轎間。

穤瓜厚子，歹人厚言語→言多必失。穤：不好的、壞的。

殕梨假蘋果→爛貨。殕：爛而發臭。

濟姆無塊睏，濟牛踏無糞→人多事就雜。

濟子搉死爸，濟媳婦氣死大家→教養無方，導致父母親的不幸。搉：夾住。

濟少賺卡覅乎瘖→多少賺一些才不致沒錢花。瘖：貧瘠，窮。

講人𠆧是非，便是是非人→說別人的不是，就是自己的不是。

講乎恁訓，我喙鬚好打結→比喻事情複雜，說不清楚。恁：你們。

講話攏倒剾正踅→話中帶有傷人的語調。剾：削、刮。踅：旋倒。

講錢呣吃藥→視錢如命。呣：不。

賺錢無半步，放尿分叉路→有關賺錢的問題沒有方法。

翻耳骨嘢吃伊誌扶→翻耳骨的人要吃自己拼。扶：扶助。

翻耳骨開伊無半嘣→翻耳骨的人自己怎麼賺錢都花不夠。半嘣：不夠使用。

18劃

轉頭斡角→講話拐彎抹角。斡：轉。

醫生講頭痛，護士甩頭→遇到難纏的事，皆感到無奈。

雙骹踏雙船，心頭亂昏昏→心神不定的人會亂了方寸。

雞仔腸鳥仔肚→心胸狹窄的人。

雞母戠莕菜→僥倖。戠：翻找吃的東西。莕菜：蔬菜的一種。

雞看打嘓雞，狗看吹狗雷→形容那個人帶有「霉運」，少相處爲妙。

雞腸仔𪜶大兄→雞廣（多管）。𪜶：他們。

懟死呣吃來→一天到晚吃個不停。懟：跟。

19劃以上

攀仔假鱸鰻，憨面个假福相→自以爲是。攀：爬。鱸鰻：鰻魚。

嚶噁叫→無聲的抽泣。嚶：哭泣。

嚴官府出厚賊，嚴老爸得出阿里不達→狗急跳牆。

纏骹拌手→礙手礙腳。

鐵打个身體，袂堪得三日个漏屎→花無百日紅，人無千日好。

聽伊耳孔伏伏伏→聽得很入神。

六、台語謠可溜

甘蔗

甘蔗開花叮噹喳，一個查囡仔揹花籃，
去到車頭拍車單，車單拍一個無無去，
目屎流伊心肝（一個阿伯走過來說：）
查囡仔呣通哭，來阮兜吃中晝，
晚班車連底到，磞磞車撞到屎桶蓋，
掀起來聞臭尿破。

單字解釋

查囡：女孩。 呣：不。 通：要、可。 揹：提。
阮：我家。 晝：午。 崙抵到：馬上到。

林投花

林投開花白咧紗（ㄌㄝ ㄒㄝ），
甘蔗開花頷（ㄌㆰ˪）落溪，
大家飼大攏要嫁，
哞（ㆬ˪）侗（ㄊㄤ）失戀跳落溪。

單字解釋

咧紗：像絲的雪白。　頷：垂。　哞：不。　侗：要、可。

螢火蟲

火金星十五暝，先生娘大腹肚，二月生孝生，
六月生查娒，吃我一碗白米飯，配鹹魚脯，魚脯香，
騎雞尪，雞尪騎伊嘓嘓叫，白米煮白漂，
白漂好吹粿，豬頭落豬髓，豬髓焢伊爛爛爛，
拿錢剪肚串，肚串無夠剩，娶我一群查囝仔孫，
全全十八歲，擧煙吹駛目尾，拿一個目鏡船放煙火‧‧‧（碰）

單字解釋

串：一整排。
焢：燉。
全全：全都是。
嘓嘓：雞叫聲。
雞尪：公雞。
擧：抬舉。
脯：食物經日曬脫水稱之。

挽茄

搖啊搖，搖啊搖！
阿公仔鬥挽茄，
挽偌濟，挽一飯篱，
也⿰要斗食，也⿰要斗賣，也⿰要斗恆孫做度晬，
煮爛爛，一人分一半，
添滿滿，一人分一碗。

單字解釋

挽：採。
偌：多麼、有多少。
度晬：滿周歲。
⿰要斗：要。
恆：給。
篱：竹片編成的勺子。

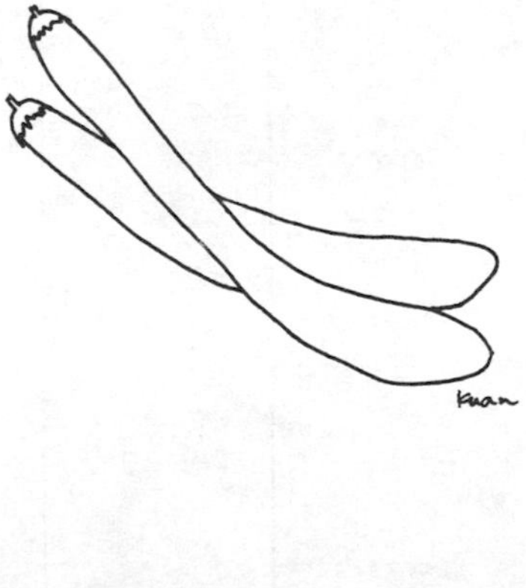

行鐵支

火車欲（ㄅㄝˋ）行行鐵支，
五點五分到嘉義，
小妹仔欲（ㄅㄝˋ）嫁慢且辭（ㄌㄧˊ），
媒人寫批（ㄆㄝ）來通知。

單字解釋

欲：要。

慢且辭：且慢，慢著。

炒米粉

一个炒米香，
二个炒韮菜，
三个沯沯滾，
四个炒米粉，
五个五將軍，
六个夥做官，
七个徛佇看，
八个偆一半，
九个火燒山，
十个蚵仔煮麵線。

單字解釋

个：的。　韮菜：蔬菜的一種。　沯沯：水沖石貌。　徛：站。
佇：在。　偆：剩。　米香：爆米花。

台灣好年冬

喂喂喂！

台灣出碗粿，碗粿眞好吃，

台灣出木屐，木屐徻歹穿，

台灣出鵁鴒，鵁鴒會講話，

台灣出棉被，棉被𧙃會燒，

台灣出芎蕉，芎蕉雙頭翹，

台灣出含笑，含笑香香香，

台灣逐年攏是好一年一冬。

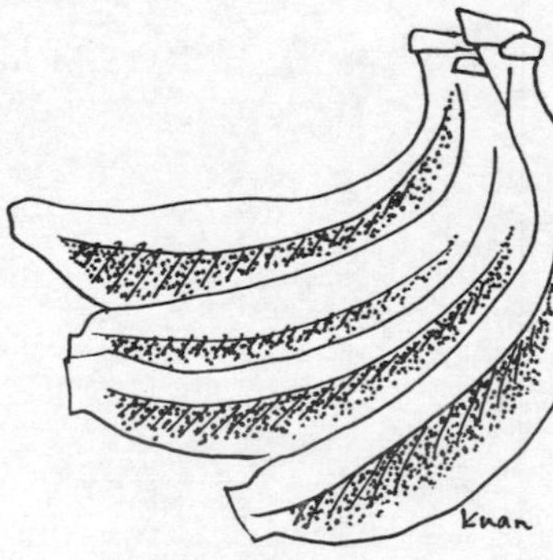

單字解釋

木屐：木材做的鞋。　獪：不會。　鵁鴒：八哥。　衵：蓋。

芎蕉：香蕉。　含笑：花的名稱。

手指犁與畚箕

一個一餖餖，
二個清骹底，
三個有米煮，
四個有飯炊，
五個五挔挔，
六個偷挔壁，
七個做乞食，
八個尙好額，
九個九嚾嚾，
十個去做官。

單字解釋

畚箕：用竹子編製而成。
餖餖：用麥粉做的。
挔挔：手或鑮把土耙開。
乞食：要飯的人，乞丐。
嚾嚾：喧嘩。
好額：富翁，有錢人。

七、詩集思語

讓咱的希望從阿蓮出發

工作的著力點從阿蓮出發

工作用每一份的力量

工作更藉由每一點的希望

向著中山高，南二高一直延伸各地，
希望的到來從阿蓮的每個角落，
希望的來到從中山高，南二高的一直延伸，
工作的著力點從阿蓮出發，
這是阿蓮人共同的期許，
讓這希望的火把，
以緩慢的速度行進，
一路往中山高，南二高延伸傳達，
讓希望從阿蓮出發！

番薯

賜予；小小一條凹凸不平的番薯，
島嶼形的番薯，歸屬我們。
崎嶇的紋路，嶼的山脊，
弦狀的山脈，嶼的河譜，
四通八達，
宛如臺灣的縮影。
無窮盡的發展空間與凹凸起伏相輝映，
濃縮在其中，
番薯呀！番薯，
您可是名符其實的寶啊！

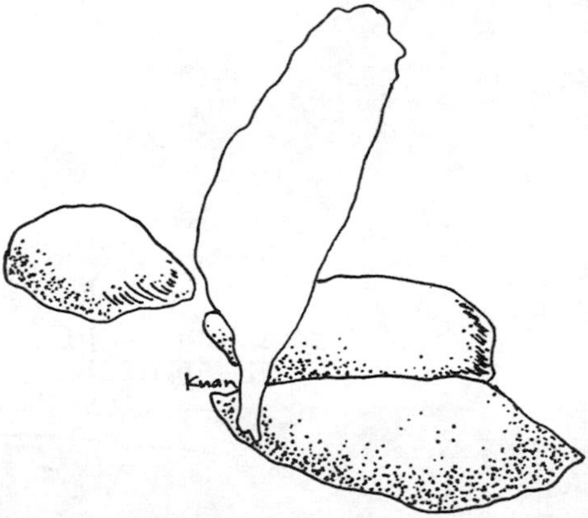

四八之年

在社會百態，治安敗壞的十字路口，
爲什麼這四面八方逆耳而來雜音？
假使我迫切的追趕，我會追上過往的預言嗎？
或者碰上未來反彈的迴音？
如果我眼快，或許我能瞥見誰的呢？
瞥見自己的影像？
轉眼到四八之年，提醒我踏入五十天命之道。
多少人生路站回頭已過往，
但我並非賢聖，這雙耳依然無助地懸在十字路口，
任由噪雜的高分貝，
凌辱脆如紙張。
右耳是大街小巷的噪音，

左耳是海水澎湃聲，
即使內耳似如心蕊的瓣，
反時間的螺旋也除不掉塵間的嚷嚷。

天眞

圓潤嘟嘟的胖臉蛋，有著一附天眞無邪的性子，那雙小小的小腳卻常拖著大人那大大的脫鞋，兜著兜著腳兒，踩著．踏著．踢著．綁綁跳跳，一會兒東，會兒西，在那茫茫虛度中，無意間臉蛋卻停了一隻蒼蠅，在臉的範圍不停的纏著．繞著．正當在那百思不解的同時，嘴角邊那不知何時黏著一小片餅干呢。

用手打東跑西，打西跑東卻與人玩捉迷藏來，一附鑾悠哉的樣子。蒼蠅啊！蒼蠅，你眞有夠頑皮，你的性子，眞不輸我的女兒斐可天眞頑皮蛋的性子啊！

蒼松

在那長年累月風吹日曬寒霜刺骨的歲月，
它堅忍而不拔，
坐擁山城於一隅，
放眼一瞥萃萃而居，
磅礴之氣頂天而立，
萬丈雄志，綠意盎然，朝氣逢生，
更釋出一股給人吸不完的新鮮透底的好空氣。
它那層層翠綠的葉子捎來一絲絲新希望，
也帶來無比的未來，
鞠躬盡瘁的身軀，
油然給人意會到「有骨氣」的象徵。

旗

佇立於高崗居高臨下的凝視著，
那四面八方而來的風，
捲入那微層薄雲中，
而陣陣的，緩緩的，
更遊墜在那無邊的天際裡。
它震攝著孤立獨處的風采，
舞動了那剛健神勇的身軀（棋杆）。
它可在那寒霜烈雨中不畏縮不屈撓，
塑造出獨樹一格的本色，
襯托出剛柔與兩極的眞諦。
誰說孤處會肅立孤單，
又有誰會比它更可勁，

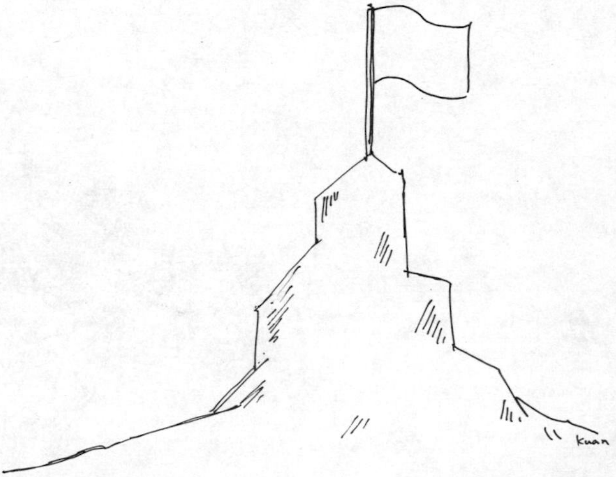

風、雲、雨，不就帶給它無限的堅忍與不拔！

中秋

遙遠遙遠的，
在那無邊際的宇宙中，
於東的一方冉冉，
浮出一個圓又大的寶鏡。
伴襯著大地，
一閃一爍，
激發了成千上萬小生物成群結隊載歌載舞。
不孤單的男女更是成雙成對．同歡同樂，
烤肉的烤肉，放煙火的放煙火，
餘興處處，歡樂滿角落，
好一個美好的中秋。

無助

我非常的無奈，
正當人們處於百般無助時，
然而我們卻沒有那種能耐，
來依循他們討好的各種技倆，
好讓順從花言巧語爲工具，
予對咱們正面直接與間接的影響。

想像中的風

在那無形無狀無臭無味，全憑著想像中的描述，前人奉上特別專有名詞，套上後人都能朗朗上口的風。

她寄居何處，肯定的是她存在於無地不容，無處不在，藉機想與她打個交道，套個交情，天地和、融而貫通、溫雅順受，呈現出萬般皆下品，唯有情最高的風範。素日何往呢？該述諸涵蓋整個大自然體到處幽遊，給人所意會的是虛幻，似漂浮於視覺上的每個角落，而在那自得翱翔的領域中，自由自在，自取其樂，絕不受任何障礙阻隔，卻在那獨來獨往的穿梭於無垠領域空間中，狀似孤單，但有誰能敢捨棄它的存在，那麼又有誰不曾受她恩寵與實護。平時的陪襯，可不是幻覺，貼切才是依附所屬的需求。

打從盤古至今牽動整個生態不停的輪迴運轉，更融入了所有萬物的百態變千，而勾勒出大自然提造出共有生命力，如同長相廝守互動、湊合，源源流長、生生不息、取之不盡，而用之不竭，予代代拱起那不止的舵似如燈塔一盞明燈，更而扛起似大巨輪永不休止，獻福給萬有生命，一口接一口喘息，而綿延到永遠，到千年萬年，甚而直至無窮的年度。

風

飄著～吹著～輕輕撫動那孤單佇立於各角落，
那片片泛黃的樹葉微微甩擺，
牽動了枝幹似高舉著雙手歡呼，
而一些撐不起來突來一晃的葉子，
一片、二片，紛紛緩緩落地，
隨風遠近翩翩起舞，撩起那各種不同的姿態，美不勝收，
氣氛的推波助瀾相繼帶動大地顯的活絡了起來，
呈現原先是孤立無助卻在那無形之中化爲有形，
使寂靜了無生氣的地表，
短短時空轉換整個大不相同的氣息，
那些平日懶得出外透透氣的小動物或小昆蟲，
受不了如此景像誘惑，

個個碰碰跳跳興高采烈，招呼彼此寒暄一番，
眞是熱鬧滾滾歡樂無窮，
哇！不失國外的嘉年華會呀！
喧嘩聲不絕於耳，響徹整個遍野山谷的同時，
說時遲那時快，不知誰的通告，
那花蝴蝶也來參插一腳，
不停的舞動牠那美麗的翅膀，
飛呀飛呀，幽遊在那自由自在，自得其樂的每個角落。
風兒呀！你眞了不起，
帶那麼多的歡樂給大地，而賜給萬物歡欣，
更帶給地表原先的寂靜活躍了起來，
此時此刻不由自主的萬物，齊呼一聲，
風兒呀！有空常來喔！

潛龍在淵的高雄

在那廣闊的大地裡，屹立著一座受地牛削去一半，而也歷經東南水泥廠，日夜不輟的摧殘下。體無完膚，差點面目全非，它勇於面對的毅力與剛強，更在那人為破壞受盡折磨，風創日曬寒風雨淋的考驗下，不畏縮不排拒，居中排除萬難，坦然應對。闖出相當有名氣的半屏山。

昔日的人以此做為標竿，襯托了整體隨著大地延伸直至港灣，相互陪襯彼此相連，產生了互補，也就自然而然帶動運行，使得從前的打狗名聲緩緩醞釀而成。

時勢變千，蒼海桑田，有了今日景觀，顛坡曲折，青雲卻不平步，浸潤在於海浪澎湃，長年累月激起無數浪花，似如乾坤大挪移般。以致隨波逐流起起落落大風大浪的轉換，才演化了大地的面面觀，逐步的日新日異，帶動繁華，且在於多方變化及鑄造下更替出今日高雄。

時空交替，把整體化都市化邁向深一層的格局，予舊時社會，步向開發新興新都市，過程起伏轉折，如同市花木棉火紅艷麗向外四射，它的光芒。她用盡了一切分享給市民，更給那一股潛龍在淵的一道曙光，無窮的爆發力，發揮得淋灕盡緻，更帶來無比發展空間，這全是高雄人的，是以後及未來的無限希望。

春

假日尋芳柳堤濱，
無際風光一時新，
悠閒識得春風面，
百花綻放溢香馨。

賞析

有一首歌：春天天氣好清爽，百花處處香……。讓很多人嚮往，新春時家家戶戶貼春聯，米缸、冰箱、廚櫃都要貼春，尤其春天，更須要春，它會帶動大地，帶動萬物迎接春的來到。俗語：一年之季在於春。所以春的存在，鳥語花香，百花齊放。以致春帶來朝氣蓬勃，人人有希望，人人有春天，也難怪春是大家的最愛。

鄉間田家

晨曦挪向窗，曙光撩四方，
花草迎曉露，視野顯泛漾。
萬物逢朝氣，大地更清涼，
婦倫半日閒，期待好時光。

賞析

純樸的鄉間競爭力薄弱，現實面也就沒浮上檯面，爲了追求那更美好的一切，往城間積極一搏，而突顯出單純與競爭的雙面對照。人生變化無常勉強不得，一切還是感恩吧！

我常持此心態讓鄉間大地時時吻上我的向心力，每當想起故鄉，都會盡量利用時間每月回家一到兩次探視母親，順而與鄉間晨曦曉光的溫純迎合我，使我融入其中。

菅芒花

菅芒九月葳蕤時，
齊聚遍野現蹤跡，
河畔柄曳舞翩翩，
似雪漫天萬里哇。

答案：菅芒葉。

賞析

一支刀雙面銳，也切肉，膾切菜。（台語發音）

菅芒花在一般山坡或溪畔皆可見其蹤影。每年八、九月是茂盛期。目前最多的地方甲仙溪，荖濃溪一帶非它們莫屬。喜歡登步踏青，遊山玩水的游客，瀏覽一回，會讓人有不虛此行的感受。

利用空閒接觸一下大自然，比在市區整日所看到的是高樓大廈，還有來來往往排放廢氣的車輛，強逼鼻子大口大口的將廢氣往內送。兩者相較，眞是難以比擬，所以前者讓人神高氣爽，後者會讓人百病叢生。朋友們！共同追求希望吧！

曇花

迎風勁飄曳抖擻，
維葉萋萋于牆中，
綠意盎然人意好，
曇花一現杳無蹤。

賞析

十幾年來她一直處在我樓上的陽台於一隅，茂盛枝葉精神抖擻，每當我上樓觀照灌水施肥，似無聲顯露出謝意的樣子。小小陽台我卻打造成花草樹木的小天地，熱鬧非凡。我太太常笑著說：麻雀雖小，五臟俱全。如此的場景，陪伴著曇小姐，相信長年她是不會寂寞的，也難怪，維葉萋萋于牆中，綠意盎然人意好，豈不就是最好的寫照。

春雨

雨前草木滿塵埃，
雨後遍地煥然新，
鳥兒紛紛來回去，
冬去春來呈盈欣。

賞析

常回老家探視母親，老人家身體微恙，請看護長期照料，因此兄弟常輪流回家探望。老家四周景色怡人，有次回家已是下午時分，呈現眼簾的花草樹木，經過一個中午燄日洗禮後，滿目塵埃比比是，苦臉迎人。那知說時遲那時快，卻唏哩嘩啦下起了一陣西北雨。突如其來把整個大地煥然一新，鳥兒飛奔亂竄，開始覓食準備牠們晚上的一餐，此景給人有種說不出的感受。冬去春來呈現眼前的是無比歡欣。

無奈格言（台語發音）

心煩鬱卒無人問，
忐忑不安在心頭，
萬事纏身千語句，
何來嘆聲莫須有，
一語道破心底事，
千言萬語難所求，
歷盡蒼滄坎坷處，
百般無奈愁更愁。

賞析

雖是一種處世箴言，但以台語發音，最能述出時下一般人內心的無奈，我就曾經聽過好幾個朋友向我訴說這篇，眞能道出他們內心的無奈呀！

湖邊

荷綻蕾放雉鳥啼，
湖面平靜燕子飛，
風和日麗人意好，
日暮時分百禽歸。

賞析

每談起湖、海、池塘、特別有好感，以致小時候爲了水而迷上游泳，也導致兩次差點被滅頂，卻沒因之而打退堂鼓，池塘游泳的次數更加頻繁，所以養成很小就很會游泳，唯一遺憾當時沒名師調教，不然……。

湖與池塘是鳥兒們最好的棲息地，每到有空我很喜歡到處逛逛，散散心，以聊表內心的舒暢，尤其在那風和日麗的天候，更能讓人意會到大自然的美，很容易讓人的心境浸潤在其中，以致寫了此篇留下回憶的想像空間。

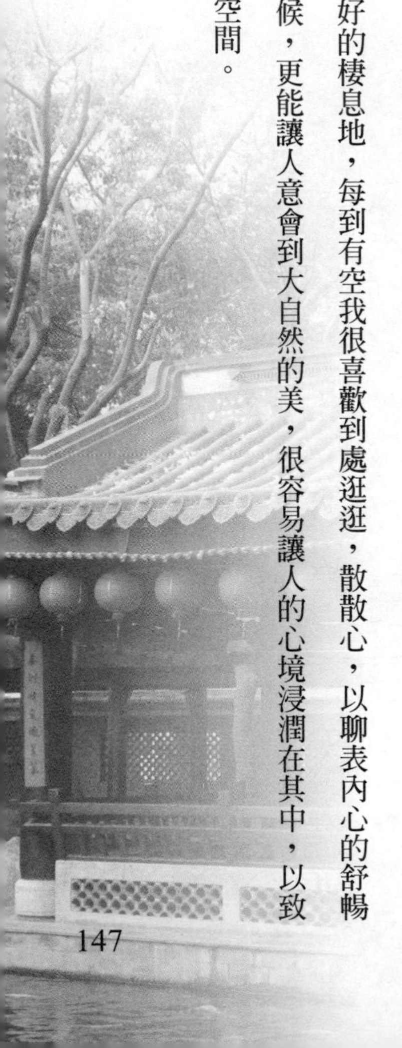

中秋

浩瀚天際懸寶鏡，
薄雲片片伴相隨，
光芒四射千里纖，
嫦娥舞動袖風吹，
妖蟆玉兎各奔腿，
俏皮吳剛作鳥飛，
雲中仙樂徹雲霄，
佳節同慶普光輝。

賞析

在那中秋節慶裡圓圓滿滿月餅的香氣，一陣陣飄呀飄著，帶動了整個節慶鼓動著人們盈潤在歡樂的氣氛中，遠遠目視著嫦娥隨風而飄翩翩起舞，平日那活躍的玉兔，無地自容早就溜之大吉

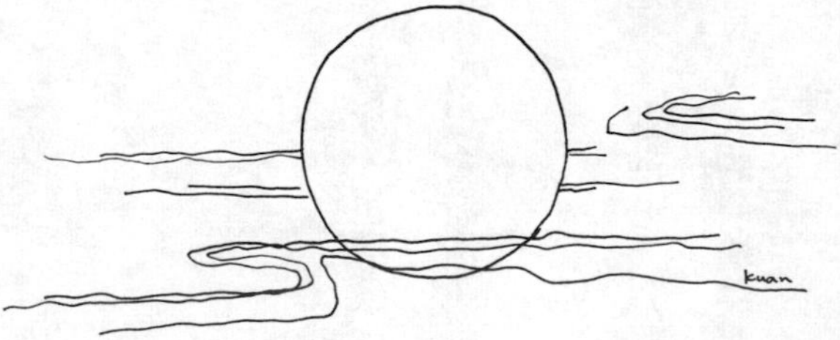

，而平時會侵蝕月魄的妖蟆，眼前更不可能見到。

吳剛此時卻頑皮起來，學學鳥的姿態飛呀飛，這時天際已沸騰，更而雲中仙樂歡聲不絕於耳，high到最高點，在此同時地上男男女女，更歡欣同慶，煙火此起彼落，瀰漫各角落，眞是個普天同慶的好佳節。

望子望女（台語發音）

句句良言蘊心底，
口語欲出又圞入，
當今父母眞難爲，
教養子女無奈處，
言多幾句嫌囉嗦，
望龍望鳳心有譜，
一心一意盼出頭，
期待邁向光明路。

賞析

望子成龍，望女成鳳，爲人父母的共同期許，現今社會時代在改，潮流在變，多說幾句，時下的年輕人異口同聲「老古板、老觀念」爲人父母心有戚戚焉，搖頭嘆又奈他何，難爲也。要知今日悔不當初，莫非寵壞或溺愛。不知珍惜父母情，是當今教育上的無力，還是家庭教養的無能，品頭論足難以取捨，誰犯之過，其實難以定奪。

父母心，關懷情，期待將來的作爲，願景忐忑不安，滴滴楚痛在心頭，方法錯，還是用錯方法，彼此有代溝，或是了解不夠呢？說穿了父母要自我檢討，也許該下點功夫去了解他們，認眞的溝通吧！

聖誕節

一年一度聖誕日，
雪橇輪動處處聞，
佳音傳遍巷街弄，
普及各地齊歡心。

賞析

聖誕節眼前所浮現的是五光十色張燈結彩，有如西洋歡渡的過年，歡樂遍遍洋溢四處，家家戶戶迫不及待相繼在大門旁豎立起五彩繽紛閃閃發光的聖誕樹，伴襯在氣氛中，慢慢融入節慶的一部份，並帶動大街小巷彼此交頭接耳，互道喜訊遊走在當中的弟弟妹妹們，個個手中聖誕布娃娃搖搖晃晃，更加添了童心的期盼，尤其是那聖誕禮物的到來。

北方的芬蘭該是聖誕老公公啓動雪橇的原點，相信已開始緩緩的、慢慢的，往各地延伸，再幾天便可聽到他的麋鹿聲隨即而至，讓聖誕節帶入最高潮，也讓各地角落響起了號角，掀起歡樂氣息，舞動每個正抑接聖誕節慶的心。這一年一度，大佳節的到來，給世界每個人活得更快活，更有勁而帶給無限的希望。

鳳凰遊

鳳凰谷中水湍流，
山明水秀蝶雙溜，
假日踏青逍遙遊，
祛除心中無限憂。

賞析

在一次藥商公會舉辦自強活動中，藥界非常踴躍，利用這大好的機會逍遙踏青，覺得很有意思，此種活動，不但可以拉近彼此的友誼，且也可以促進身體的百憂解呀！

暮春

花草知春不久留，
萬紫千紅鬥芳菲，
溪畔蘆葦無愁思，
惟識漫天作雪飛。

賞析

距我家沒多遠有個地名叫大崎溪，小時常三五成群在溪畔嬉戲，捉小蝦、小魚其樂無窮。附近小丘還長滿木棉樹，河畔還有蘆葦，在那雖不是絕色佳境，但給人賞心悅目可就在所難免，尤其當那漫天作雪飛的同時，心曠神怡更不在話下。

莫強求

逢了霉運欲何賕，
好壞連連易碰頭，
鬱悶寡歡酒澆愁，
求吉求利常掛口，
鬼迷心竅該保留，
問神卜卦有所述，
迷信忘我莫該有，
順乎其然莫強求。

賞析

好幾個朋友看過此篇之後，都在問要以國語發音，還是台語，其實以國語發音較貼切。此篇的靈感起自於市面常看到的莫生氣。彼此內容完全扯不上關係，只要您細心去閱讀，相信會體會

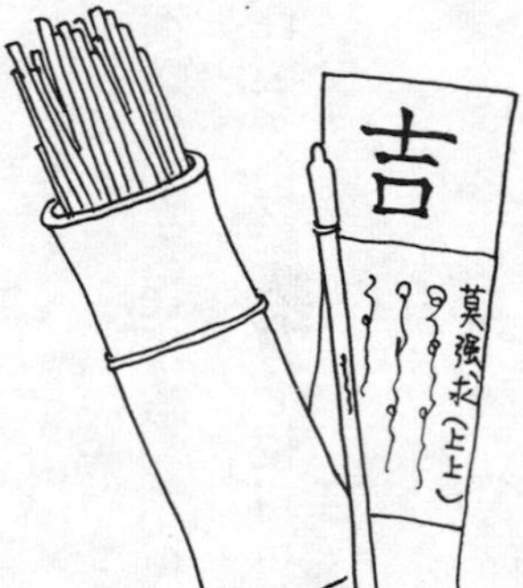

出意涵，也能讓你了解，凡事不要太勉強自己。俗語：船到橋頭自然直。一切順乎自然還是莫強求罷！

想開篇（台語發音）

鬱悶寡歡不了心，
多煩少笑疾上心，
坎坷人生坦蕩心，
萬事百順少如心，
逆來順受平常心，
順其自然稱了心，
放下一切隨緣心，
走出茫茫一片心。

賞析

當我寫出無奈格言那篇之後，一段時間好幾個朋友向我建議，那篇那了感覺愈看愈愁更無奈，能否寫一篇看了開心亦不煩心的，於是我也就慢慢的啓發，把心打開，在開心之餘讓大家藉此能留一點心，進而在平常心中遇到任何事，能有個隨緣心，那麼才能走出茫茫的一片心。

秋思

名利衆人爭相鬥，
天涯浪跡似白鶴，
漫長歲月閒方受，
醉翁步履蹣跚踱，
遙遠轆轆車輛錯，
園林微風楓葉落，
欲望四處登高座，
一覽秋光莫溜過。

賞析

秋風掃落葉，心肝會礙啃；秋風掃落地，心頭毋徑放。（台語發音）

陣陣秋風微微捎過，撫動著那園林裡的楓葉飄來飄去陣陣傳來，一葉知秋的訊息，滿地的落

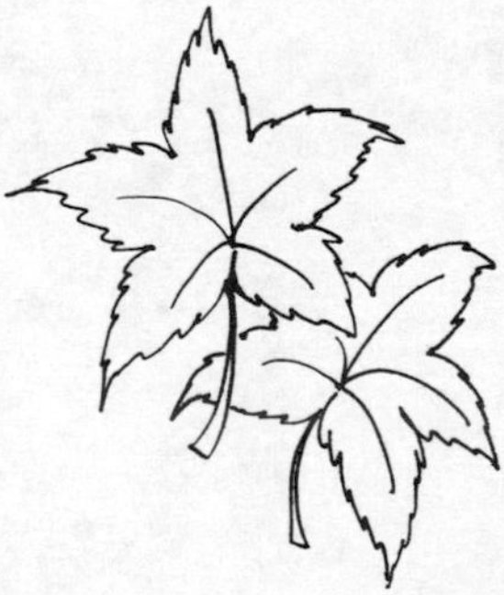

葉帶來此許的涼意，讓人心頭燃起無限的沉思，那昔日的熱鬧與繁華卻在時事變遷，蒼海桑田中漸漸成了水中漣漪隨波逐流而去，留下無限的追思啊！

冬的某夜

寒夜友至茶代酒，
花生滷料端上桌，
弦月樹梢躚徘徊，
酒酣耳熱更深輟。

賞析

有次冬的晚上拜訪一位久無相逢的好友，時空的轉換，社會的變遷，彼此爲了生計各自打拼發展自己的前程，以致多年未曾謀面。

今日的相會不是偶然而是專程，但以朋友的立場，一切講求實在，我向他建議要請客一切從簡。俗語：久逢知己千杯少。我們酒少喝，以茶代酒，配上一些滷料、花生、少許酒壓味，話匣子一開，天南地北無所不聊，許久…許久，之後酒酣耳熱，告別了好朋友。

新年

爆竹聲響傳佳昔，
喜氣竄動入心田，
千家萬戶迎新春，
汰舊換新過新年。

賞析

新年好，新年到，穿新衣，戴新帽，大家一起放鞭炮。

小時嚮往的節慶，時逢新年又到了，雖上了年紀，歡欣也醞釀浮現於眼前，於是動筆……。

冬的夜晚

燭光深夜心盡殘，
陣陣微風漸漸寒，
香氣遠飄七里傳，
月移樹影上欄杆。

賞析

某日的夜晚顯的有點寒意、微微的、陣陣的、一波一波的迎面而來，雖不是寒霜刺骨，也談不上不寒而慄。而它所帶來的是些許涼中帶寒，寒中帶涼的感受。

此情此景會給人憶起以前每到冬天的來臨，老一輩所用的火具、火熥或泥土所鑄造的木炭爐皆一一派上用場，我也一直覺得以前的冬天比較寒冷些，最近幾年冬天不太像冬的季節。

痴痴的想著、看著、在那虛度時空中卻勾起了無窮的想像空間，更在那不知不覺的憶境裡，無預警隨風飄曳著那陣陣而來的噗鼻七里香，此時此刻月兒慢慢的將樹影移到欄杆的一角，正當此時已是凌晨二點，該睡覺囉！

廬山遊

高聳大樓溪邊立，
橫跨溪上古吊橋，
遍地溫泉入佳境，
相約同伴踱逍遙。

賞析

目視四周山巒起伏、高低相稱。「山」外面是一層綠油油，半山腰住了幾戶人家，在我旁邊有幾個在聊著：住那麼高多不方便，我心在想「人是往高處爬，水是往低處流」。喃喃的說：那些住戶人家，不應是比我們聰明吧！就這樣邊走邊看，不一會兒懸晃在那吊橋中，記憶的吊橋是會讓人腳底癢癢的，心臟呼收急促，而這座吊橋走起來就沒那種感覺，大概是短而不長，搖晃起來沒那麼大的關係吧！

此時夜色漸暗，再往裡面走去，突如其來的感受有如入了溫泉鄉，處處硫磺味噗鼻而來，好奇心使然，順手觸手有節奏式的滾滾溫泉，一旁的遊客說到：注意會燙！我順手一觸，差點就被他們嚇到，我說沒有你們說的燙嗎？

之後往前走去，旁的遊客又曰：那來的七里香味，我也覺得好香，心在想如果沒記錯，七里香、夜來香都是晚上在開花。

領隊在宣佈，行旅袋及一切準備就序，十八時三十分開始用餐，十九時三十分結束用餐，幾個相約夜遊，唉呀！心想此次眞是不錯的旅遊。

空思

只有高杯舉，
卻無摯友齊，
窈窕淑女近，
回眸媚滴滴。

賞析

得不到的東西，總是最好的、最美的，在無聊的時分，最能使滿腦子的思維穿梭無窮，也就走不出腦殼外的框框，打滾在腦海悠遊整個思緒，擺脫不了無聊的束縛，而鑄造空蕩的思考與不實際宿懷。

空思與無聊不能畫上等號，它帶給人虛幻而飄渺在腦以外的另一種空間。一切的美雖是夢，徘迴在想像中的領域，而陶醉在美的世界，而忘掉憂愁的附屬，擺脫那無形的，外在的壓抑，所以說「有夢最美」，豈不就是最好的比喻。

老家景色

小池溪流矮屋前，
綿延竹蔭映梯田，
綠草重疊一片片，
眺望遠處際無邊。

賞析

小時候常唱的一首歌：我家門前有小河，河裡有小魚……這篇出自於我老家的四周景色，前有梯田後也有梯田，而左前方一整排竹木屬於長形狀遍延一百公尺，右邊也有一排約一百二十公尺，而房子正前方六十公尺處有一口池塘，下方有一條小河可直通田寮，阿蓮二層行溪，直撲大海，景色一切自然美。

內門

人人稱它羅漢門，
綠林小路會幽徑，
景緻怡人紫竹寺，
古蹟七星覓神蹤，
３０８地是名勝，
文化節慶宋江動，
舞動陣頭徹雲霄，
烹飪遠傳因得名。

賞析

祖籍內門，我以內門為榮，雖定居於阿蓮，卻時常注意著報章或媒體所傳達有關內門的消意，都會感同身受，注視著許久許久。

俗語一句：「人不親土親」。唉！說得也是，人是有感情的動物嘛！就因之有關內門思篇留有不一樣的感受在裡頭，此篇中，雖不是很詳盡闡述，而是概略敘述之，給外界對內門初步有一番認知和了解，它是一個好地方。

中秋

嫦娥奔月正當空，
吳剛砍樹正下功，
仙籟依雲伴其中，
月兒宴客請大宗，
風兒吹來一陣風，
大地附和也會通，
相約同歡鬧哄哄，
更待中秋圓滿終。

賞析

浩瀚天際寂靜無聲，置於其中給人有種萬般皆寧靜，只聞風聲響的感受，在中秋大好的日子中，有了嫦娥．吳剛．月兒和那天籟伴稱舒緩了無聲無息的窘境，顯而熱鬧了起來。月兒更在這大好節慶宴起客來，溫馨而好客的心，不油然讓人感覺到一切眞是太美好了。

提醒篇（台語發音）

處事躊躇裹不前，
景氣之差鬱心田，
蒼海變遷難所料，
不知何時逢了緣，
有志之士齊來聚，
共襄社會亂象源，
換取智慧經驗談，
共渡時機拱轉寰。

賞析

全球性景氣低迷造成社會不同層次的影響，加上企業財團往外移，更逢政黨輪替，階段性國營轉換民營舊手換新手，一些帶有消極心態，新則亂、亂則已錯誤的觀念，甚至加上媒體誇大其辭惡意宣傳，造成扭曲事實，如此現象直接或間接的影響景氣，不壞也難。

其實亂中求穩，穩中求安，方法是人人有，行事是各有方，把握現有，拋棄舊有，解開思維上的束縛，締造另一種空間，更而吸收多方的經驗，換取思緒的智慧，迎合亂中取靜，靜中取知，而在這過渡時期裡，盼明日會有更好的願景。

思友

楓樹葉落漸入秋，
清池水蛙鳴不休，
摯友無訊酒伴憂，
守著夜光洞簫遛。

賞析

君子之交淡如水，小人之交甜如蜜。我一生之中較好的知己沒幾個，原因在於我不喜歡亂交朋友，平常看了許多案列，一些就因交友不甚而陷入淵無法自拔，或被朋友出賣，看了覺得發毛，以致在踏入社會的第一個期許就是防護罩先套身。害人之心不可有，防人之心不可無，我交往的知己忠厚老實的較多，還有一個原因就是我很重友情，往往為了某種原因內心會愧疚很久，內向的個性，常會為了一件事而裹足不前，再配上中庸型的保守，以致思友情懷由此而生。

牧牛樂

眺望綠篁林，
溪中小魚游，
牛兒覓草逑，
牧童笛聲遛。

賞析

現實生活很難再重現河畔牧牛無憂無慮的景象，時勢的變遷，鄉村都市化，農業社會舊有的逐漸被機械所取代，雖可減輕許多人的勞力與牛的耕力，相對也就同化掉一些祖先所留下來的傳統技藝。「牧牛樂」這篇出自於以前我還在就學，偶而回鄉放寒假、暑假的些許回憶以致下筆。

鳥兒遊

群鳥高處遛，
雲伴逍遙遊，
當問何歸處，
天涯皆可留。

賞析

翱翔天際自由自在漫無目的逍遙遊，過著無拘無束的生活，何等的安逸呀！人有多麼期許與盼望，唉呀！人終究是人嘛！飛不起來的。

暮色登峰

依山傍亭凝四方，
眺望遠處無數光，
二層行溪水湍湍，
野鶴群聚回故鄉。

賞析

大崗山超峰寺是旅遊聖地，每到早晨，傍晚三五成群相邀一遊，也有專來登山健行的，有次空閒興緻隨往登山，感同身受的寫出暮色登峰。

習武健身

練功習武防身道，
功夫學成用得到，
剛柔互動一把罩，
武術健身更可靠。

賞析

父親的拳法有猴拳、縱鶴拳、太祖拳、詠春拳、氣功及一些槌棍法、大刀法、鐵尺法。我所學的有縱鶴拳、基本母拳、殺甲拳、多門戰法、白鶴飛山拳。

偶然機會一個賣藥阿伯教我一套拳法：北派鶴拳。

另外還有：猴拳、福建入洞鶴、少林鶴拳法、七星螳螂拳、捆拳法、耙套路、福建鶴拳、螳螂拳法、福建少林鶴、陰陽臍棍。

運功調氣

陰陽五行順氣繞，
任督二脈循穴道，
丹田提氣互配套，
形功勁法全俱到。

賞析

從小對武術相當有興趣，加上電台廖添丁義俠風範的曾志峰講古，如此薰陶學武成了我的興趣，父親也是武術老師，家有六兄弟，大哥與老五（我）曾接受傳承，在我來講雖不是很上道，要幾下還可派上用場，大哥練得比較上乘，父親所教的弟子中表現最佳的，是住於台南縣龍崎鄉的師兄，曾參加七十一年全國國術比賽第一名。

台灣館1

�台語熟似

T001

作　者：李榮武
出版者：文興出版事業有限公司
總公司：臺中市西屯區漢口路2段231號
電　話：(04)23160278　傳　眞：(04)23124123
營業部：臺中市西屯區上安路9號2樓
電　話：(04)24521807　傳　眞：(04)24513175
E-mail：79989887@lsc.net.tw
網　址：http://www.flywings.com.tw
發行人：洪心容
總編輯：黃世勳
執行監製：賀曉帆
版面構成：方莉惠、林士民
封面設計：王思婷
繪　圖：賀曉帆、黃世勳、陳冠婷
攝　影：謝欣穎
總經銷：紅螞蟻圖書有限公司
地　址：臺北市内湖區舊宗路2段121巷28號4樓
電　話：(02)27953656　傳　眞：(02)27954100
初版一刷：西元2004年12月
再版一刷：西元2007年6月
定　價：新臺幣180元整
ISBN：978-986-82262-6-5（平裝）

郵政劃撥
户名：文興出版事業有限公司
帳號：22539747

本書主要圖片感謝：意念圖庫、NOVA DEVELOPMENT 提供

國家圖書館出版品預行編目資料

伊臺語熟似 / 李榮武編著. -- 再版.
-- 臺中市：文興出版，2007〔民96〕
面；　公分. --（臺灣館；1）
ISBN 978-986-82262-6-5（平裝）
1.臺語 - 讀本
802.52328　　96005600

展讀文化出版集團
flywings.com.tw

展讀文化出版集團
flywings.com.tw

展讀文化出版集團
flywings.com.tw